동네 한 바퀴

하재일
시집

동네 한 바퀴

솔
시선
19

나는 속이 텅 비어 있다
비어 있기에 바람에 쓰러질 수 있다
그래서 당신은 내게 마디를 만들어 주셨다
더 높이 더 멀리 날아갈 수 있도록

천 년이 지나도록 섬을 어루만지며
바다는 매일매일 낯선 얼굴을 씻긴다

2016년 여름 하재일

| 차례 |

해설 '사랑'과 '시'를 향한 치열하고도 고독한 자의식

1부

불량 과일

눈에 보이지 않는 자신의 몸속 깊이
여름내 열매는 방 하나씩 들이고 산다

고백할까 말까 망설이며 설익어간다

풀밭에 떨어져 쉽게 뒹구는 것들 때문에
한 생애가 온통 철없는 사랑인 줄 안다

언제부터 내 안에 벌레 한 마리가 들어와
이렇게 신맛도 나고 단맛도 나게 된 것일까

익기 전에 떨어져 멍이 든 불량한 과일들,
감추어 둔 쓸쓸한 상처 한 줌은 대체 뭐람

내 몸에 든 까만 눈썹의 애벌레 한 마리
누가 그래, 누가 그래, 속절없이 끝난다고!

비의 안채

비와 만나는 오래된 집의 안채는
연기로 그을린 살강처럼 어둡고 침침하다

그래서 마음대로 목심을 도려낼 수 없다
비의 정열은 천둥과 돌풍을 운반해
때에 따라 창문에 번개처럼 얼굴을 보인다

간밤에 흠뻑 사랑에 빠졌던
꽃잎들이 진주가루로 숫돌에 얇게 갈려
무른 흙길이나 콘크리트 면에 박혀 있다

어두운 칠면에서 눈을 뗄 수가 없다
늙은 오동나무 한 가지에서 참새가 날기도 하고
귀여운 여인의 귓불에 매달린 귀걸이가 되기도 하면서
꽃잎이 띠를 이루어 무지개로 걸렸다

비는 잊지 않고 떨어진 꽃잎을
한 잎 한 잎 마음의 안채에 자개를 박았다

바깥채인 강물에서는 서서히 범람이 일고 있다

박대묵

그날 밤 꿈에 비늘이 보일 정도로 비비고
손목 시리도록 치댄 박대 껍질을 가마솥에 넣고

은근한 불에 생강과 마늘로 옷을 입혀 서너 시간
푹 고면 투명한 호박색의 바다가 나올 것이다

그런 생선의 마음이 얼마나 찰진지 칼로 얇게 썰면
창호지처럼 벌벌 떤다고 해서 벌버리묵이라고도 했다

스치듯 비린내가 들숨에서 가끔 올라오는 것은
엄동을 받아낸 박대의 역정이 숨을 내쉬는 것이다

바

길에서 우연히 바를 만났다

바는 압력의 단위이다
바는 비티레부 섬 북서부에 위치한 피지의 도시이다

바는 앞에서 말한 내용 그 자체나 일 따위를
나타내는 말인데 품사로는 의존 명사이다
경찰은 당시 가해 트럭 운전자를 연행해서
사건 전모를 자백 받은 바 있다
바는 프랑스 태생의 세네갈 축구 선수이다
현재 프리미어리그의 첼시와 세네갈 축구국가대표 팀에
서 공격수로 뛰고 있다
바에 관해선 구더기가 우글거리는 구글이 나보다 더 잘
알고 있다

바는 연습 때 발레리나가 붙잡고
균형을 유지할 수 있도록 만들어 놓은 매초롬한 가로대
이다
바는 악보에서 마디를 구분하기 위하여

세로로 그은 줄이다

바의 의자들이 놓여 있는 좌우로 긴 스탠드에서

풍만한 가슴을 가진 여자가 취객의 시선에 노출되어 있다

그녀가 장대높이뛰기 바를 아슬아슬하게 넘어 우승을 차
지했다

바는 볏짚이나 삼, 칡, 합성 섬유류로

여러 가닥을 꼬아서 굵다랗게 드린 동아줄이다

내란음모에 가담한 저 죄인을 바로 꽁꽁 묶어라

바는 고대 이집트 종교에서

카 및 아크와 함께 영혼을 말하는 주요 양상의 하나다

바는 사후에 영혼이 움직이는 것을 표현하는

새의 모습으로 나타나는데, 바를 위해 미라를 만들었다

바는 이스라엘 출신의 섹시한 슈퍼 모델인데

바 레파엘리의 속옷 입은 사진을 들여다보는 남자들이
있다

바는 아주 딱딱한 바나나 같은 것을

그녀가 빨다가 먹고 버렸기에 제행무상이 담긴 뼈대이다

동네 여기저기 길가에서 자주 만날 수 있는 바는

독거노인처럼 기초노령연금에 의지해 늙어가고 있다

그밖에, 아주 달콤한 게임 천국 미네르바가 있다
삼강오륜 돼지바도 있지만
내가 막상 선택할 때는 여전히 바밤바를 찾게 될 것이다

자전거는 푸르다

사랑이란 서로 다른 생각이 어둠으로 잠겨 있는 것

성당 진입로 담장 아래 자전거가 자물통이 채워진 채
은행나무에 꼼짝없이 강아지로 묶여 있듯이

자전거의 주인은 품이 크고 속이 깊은 나무를 믿고
쇠줄을 채워 놓은 채 쏜살같이 건물 안으로 사라졌다

자기들끼리 길가에 버려져 바람의 결에 노숙하는데
위치를 벗어나 야반도주라도 할 생각은 없는 것일까

간혹 지나가는 행인이 술에 취해 발길질을 해도
맨몸으로 부둥켜안고 있어야 날마다 쓰러지지 않는다

내가 배회하던 밤, 달빛으로 서로에게 이불을 덮어주면서
불편한 거리의 사랑을 운명으로 받아들이고 있었다

나무와 자전거의 결합이 상처뿐인 생이 아니라
둘의 맹세인 옹이로 변해 잎은 푸르러지는 것이다

귀신

자기 전에 책상 밑으로
의자를 밀어 넣고 자지 않으면
귀신이 나와서
밤새 의자에 앉아 사람을 지켜본다고 한다
잠을 자다가 벽 쪽을 보고 돌아누우면
역시 귀신이 나와 혀를 끌끌 찬다고 한다

그래서 나는 이 두 가지를 평생 피하며 살아왔다

의자를 서랍처럼 밀어 넣었고
절대 벽을 보고 모로 눕지 않았다.
무성한 눈썹을 한 용천백이가 뛰쳐나와
쓸데없이 내게 말을 걸까봐

그런데 요즘 당신 때문에
의자를 밀어 넣고 자지 않는 밤이 많아졌다

돗돔에게

제발 물거품 많은 세상에 나오지 말기를
머리카락 한 올 장바닥에서 보이지 않기를
그냥 뒷골목 쪽방에서 홀로 영면하기를

올 때도 빈손이었는데
마지막 가는 길을 호화롭게 할 필요가 있겠나
그냥 거적때기에 말아
공공 화장터에 가서 태운 뒤 붉은 산호밭에 뿌려주기를

장례비용이 다소 남는다면
혼자 사는 섬 소년 돕기 모금함에 전부 넣어주기를

솔잎가루 한 됫박이면 백일 동안 엄동설한을 날 수 있다
하루에 한 끼만 식사하고 앉아 있어
만일 허리가 자꾸 앞으로 숙여진다면
가죽혁대로 기둥에 허리를 묶고 면벽할 수 있다
쪽방은 어느 정도 침묵이 깊어 불도 없이
석 달 동안 먹지도 자지도 않으면서 정진할 수 있다

한밤중에 일어나는 망상을 다스리기 위해
머리에 찬물을 끼얹어 냉수마찰을 하고
얼굴과 온몸에 고드름이 언 채로도 단련할 수 있다

어떤 고기는 장좌불와를 실천해 대부가 되었다는데

열반에 드는 날까지,
하루 한 끼 식사 외에는 절대 하지 말고
노구임에도 불구하고 캄캄한 바위틈에서
형형한 눈빛을 살리고 있는 빈털터리로 살아다오

탐욕을 부리다 낚시에 걸려 나와
세상의 웃음거리가 되는 일은 절대로 하지 말기를

네가 가진 전설을 이길 자, 세상에 아무도 없다

토끼풀 세상

세탁소 가는 샛길 옆 공터에 온통 토끼풀 세상
어디서 몰려들기 시작해서 꽃이 시작 되었는지
삽질하고 천막 치고, 처음엔 그렇게 꽃들이 모여 살았겠지
밥하고 빨래하고 티격태격 서로 사랑하고
학교에 진학해서 소풍에 즐겁고

한 집 한 집 불러 모아 같은 색깔 같은 꽃 곱게 피우며
행복한 토끼풀 세상을 이루고 살았겠지
그런데 눈에 띄는 노란 씀바귀꽃 한 포기
어쩌다 불법 체류자 신세가 되었지
언제부턴가 바람에 실려 와 초록옷 지어 입고 살다가
슬며시 노란 꽃을 피우자 동네가 발칵 뒤집혔지

―노랑은 안 돼, 노랑은 안 돼
―꽃은 우리처럼 흰색이 최선이야

무표정한 얼굴에 내성적인 명수는
 필리핀에서 시집온 엄마 때문에 아이들에게 항상 놀림
받는 꽃인데

명수는 언젠가 박찬호 선수처럼
유명한 야구선수가 되겠다는 꿈을 가지고 있지

항상 밝은 모습의 선영이, 베트남 불법체류자의 딸로 태
어나
언제 단속에 걸려 추방당할지 모르는 불안한 꽃인데
선영이의 꿈은 토끼풀 나라의 주민등록증을 갖고
합법적으로 당당하게 키 작은 토끼풀들과 어울려 사는 것

주민등록증 없이 살아가는 달래, 냉이, 엉겅퀴가
짚 앞 공터에 참 많이도 햇살에 빨래를 해 널었구나!

그 나물에 그 밥, 토끼풀 밥상에 입맛을 돋우어 주는
각양각색 풀꽃들이 도란도란 모여 사는 마을에
작년에 이주해 온 민들레꽃 한 송이가 환하게 웃고 있지
만 그래도 아직은 토끼풀이 많은 세상

풀꽃들아, 비좁아도 조금만 옆으로 자리를 양보해 주렴

방생

소낙비가 그치자 못이 모습을 드러냈다. 단단한 콘크리트 벽에 둥우리를 틀고 자맥질하며 놀던 못, 싱싱한 근육질의 물고기인 못. 벤치 옆 수풀 속 얕은 모래밭에 숨어 있다 날렵한 내 손아귀에 여러 마리가 잡혀 나왔다.

열두 번이나 홈을 파 치장한 못의 뼈는 비단 지느러미이자 어둠 밑에 내릴 뿌리다. 못의 잔뿌리는 몹시 실하고 튼튼하다. 사실 뿌리를 내려야 할 곳은 모래흙이 아니다. 젖은 솜뭉치 같은 흰 구름도 아니고 물러빠진 나무의 맨살도 원래 아니다. 수직으로 몸을 세운 딱딱한 시멘트벽에서 못이란 물고기는 자유롭게 숨 쉬며 헤엄치고 싶다. 큰 머리통에 깊게 패인 십자형 무늬의 눈매로 긴 꼬리를 이리저리 흔들어 보지만 요즘 아가미가 굳게 닫혀 있는 못은 상한 지느러미를 접은 채 바닥에 누워 있다.

멀쩡하게 생긴 못이 왜 바닥에 버려져 있을까. 따지고 보면 옆집 박 씨도 동네 공터에서 놀고 있는 튼튼하고 아름다운 못이란 물고기와 닮았다. 비가 내려서 일이 지워지면 공치는 날이 많다. 그럴 때면 달콤한 일당의 꿈을 접고 공터로 돌아오는데, 그의 관절에선 피멍 든 못이 쏟아져 나온다.

수풀 속 모래밭에 나는 못을 다시 놓아 주었다.

무의의 바람

바람과 함께 걷다가
바닷가 주막에 고무락고둥이 있다기에 자리를 펴고 앉
았다

늙으신 엄니는 전을 부치고 아들은 상을 폈다
할아버지는 먼 날 태풍에 잃었는지 할머니 미소가 천진
불이다
며늘아기도 보이지 않으니
이 섬에 잠시 아들의 아버지처럼 바람으로 왔다가 바람
으로 떠났나 보다
마당에 키우는 건 노란 금계국 몇 송이
넓은 앞마당 바다 위엔 갈매기 가족이 손님이다

고무락고둥은 바닷물이 이미 훌쩍 달아나서
민물에서 달려온 듯 무척이나 심심하고 또 싱겁다
윗옷을 걸치지 않은 나는 짠 바다를 바라보며
눈으로만 소금기를 맛 볼 뿐이다

문득 수평선에서 무의無衣를 찾아 길을 나서고 싶다
이 섬에 입고 들어온 모든 옷가지 다 벗어 던지고
오래 신던 빛나는 구두 벗어 던지고
따개비 닥지닥지 붙은 뾰족한 바위 위에 턱턱 던져 놓고
무한천공 푸른 바다를 넘어 무의를 걸치고
마음껏 헤엄치고 물장구치며 소태처럼 짠물 평생 먹고
싶다
꿰맨 바늘 자국 하나 없는 옷을 찾아 이미 떠난 사람들이
누구일까

길가에 홀로 오래 버려진 기억
잠결에 듣던 함석지붕 빗소리
헤어질 때 대합실에서 말이 없던 노모

바닷가 외딴 집엔 다리를 저는 엄니와 홀로 사는 아들
상처를 꿰매다 칭칭 붕대를 감은 하얀 구름 몇 점
알세라 모를세라 누가 먼저 서로를 오래 보듬었든가
차일 아래 눈가가 건기 때 하마 눈처럼 짓무른 엄니를 보며

바람의 무의를 걸친 아들이 차린 밥상을 쳐다보니
달려온 파도가 나를 사정없이 후려쳤다

꿰맨 자국이 너무 많은 나에게
천의무봉의 해안선을 따라 서둘러 이 섬을 떠나라고

미라

반시盤柿의 성품은 날카로운 비수다
간밤에 온갖 퇴적물을 받아먹어
샛강이 막힌 혀의 이곳저곳을 예리하게 찌른다
하수도를 뚫듯이 세찬 얼음 바람을 획획 불어넣는다

막막하고 답답할 때 한 대 터지는 창검의 습격
그것은 분명 붉은 태양의 파편이다

회곽묘로 이루어진 아이스 홍시, 계절이 없다
시신은 썩어야 하지만, 시신이 썩기까지는 벌레나
나무뿌리 등이 무덤에 침투하는 걸 필사적으로 막아야
한다
죽은 사람이 저승에 갈 때까지 다른 외부적 요소로부터
일체의 고통을 당하지 않게 하기 위해서다
선생은 그래서 시신이 썩기 전까지 온전한 상태로
보호하기 위해 인부들에게 관을 석회로 두르도록 명령
했다
문제는 이상한 나라에서 이 말씀을 완벽하게 신봉해서

석회와 황토, 모래를 느릅나무 껍질 삶은 물에 혼합해
관을 중심으로 빈틈없이 사방을 두껍게 회반죽으로 발
랐다
벌레나 나무뿌리 장마철 습기는커녕
한 방울의 공기조차 침입할 수 없도록

굴착기로 겨우 깰 수 있을 정도의 튼튼한 회곽 내부를
가진, 청도 반시가 서서히 육탈을 잊고 미라를 드러낸다

단단하고 안팎이 철저히 차단된 반시의 얼음 미라,
나는 천천히 철 지난 핏빛 타임캡슐을 들여다보다
미라의 내장부터 이빨로 물어뜯는 늑대의 사냥을 시작
한다

때는 이른 새벽, 춥고 굶주린 산중 절벽이다

줄

사내들이 계속 지하에서 줄을 뽑아 꺼내 놓는다

한 사내가 줄을 등에 받치고 구멍에서 뽑아낸다
다시 한 사내가 땀을 흘리며 줄을 좍좍 끌어올린다
뚜껑이 열려 보이는 원통이 저들이 자른 목구멍이다
얼굴에 시커먼 기름칠을 하고 울부짖는 표정으로
들어 올리는 줄에 목숨의 숨결이 걸려 있다
일이 끝나고 사내들은 꼬불꼬불한 닭 내장을 먹을 것이다
저녁에 사내들은 길고 꼬들꼬들한 돼지 곱창을 먹을 것
이다
지금 사내들은 줄을 꺼내놓기만 하고 먹진 못한다
가늘고 긴 것은 질기고 질긴 지하세계의 핏줄이다
사내들은 줄을 콸콸 꺼내놓고 어쩔 줄을 모른다
바닥에 깔아놓고 가지런하게 사리기도 전에
힘이 벅차 땀에 전 한나절을 깡그리 헐떡거린다
한 사내가 지하에서 뽑아낸 무겁고 어두운 줄을
어깨에 걸고 당겨와 바닥에 간신히 병자로 눕힌다
줄은 사내들의 내부를 알리는 비릿한 우울이다

빗물이 흐르는 줄의 내장을 사내들이 깁고 있다

사람들은 줄을 훔쳐 달아나기만 하고 있다
사내들이 질긴 줄을 목덜미에 칭칭 감고 있다

꿩 사냥

한겨울에 화려한 치장을 한 장끼를 만나려거든 우선 부서진 우산살을 뽑아 적당한 길이로 잘라라. 단단한 주춧돌 위에 철사를 올려놓고 망치로 우산살 끝을 마구 내리쳐 쇠반죽을 만든다. 마찰면에서 번개가 번쩍번쩍 날 정도로 수십 번 두드리다 보면 철사 끝 쇠가 열에 펴져 평평하게 몸을 잡는다. 서툴게 펴진 둥근 쇠끝을 손에 땀이 나게 줄칼로 두어 시간 절차탁마하게 되면 뾰족한 타원형의 칼끝이 보기 좋게 날이 선 모습으로 완성된다. 다시 우산살을 기역자 모양으로 구부린 다음 한 번 꺾어 계단형 자루에 나무 막대를 박아서 칼자루를 편리하게 만들어 보자, 이렇게 하면 약으로 쓸 콩을 파는 예리한 창검이 완성되는 것이다.

이번 겨울엔 배고픈 장끼를 만날 수 있을까. 개다리소반에 노란 메주콩을 한주먹 펼쳐 봐라. 모양이 예쁘고 둥근 놈으로 선별 작업을 해서 콩에 굴을 팔 때 우산살이 잘 뚫릴 수 있는 놈을 고르는 일. 등잔불 밑에서 형제들과 함께 즐거운 잡담을 하며 작업을 진행하면 한겨울이 깊어가는 줄도 모른다. 비닐봉지에서 박속같이 하얀 약을 꺼내어 책상 위에 올려놓고 먼저 굵게 잘라 봐라. 미술 시간에 쓰던 조각도를 이용해 자르면 딱딱한 약이 똑똑 잘도 부러지며 말을 듣는다. 굵은 약 덩어리를 떡방아 찧듯 가늘게 부숴라. 우산살로 속을 파내서 버린 후 빈 강정을 만들어 달콤한 화약을 쟁여 콩 속을 가득 채우는 일이 다음이다. 흰콩의 빈속에 백색의 분말을 넣은 다음 양초를 이용해 촛농을 떨어뜨려 구멍을 때우면 꿩 잡는 약은 밥을 안치듯 기쁘게 완성되는 것이다. 여기까지 각고면려의 집중된 노력이 필요하다. 화려한 장끼를 만나는 일이 어디 그리 쉬운 일이겠는가.

새벽에 일찍 홀로 일어나 주섬주섬 옷을 갈아입고 눈이 내린 산비탈 보리밭으로 아침 해처럼 밝게 나가봐라. 비료 푸대에 마른 콩깍지를 준비하고 싸리나무 빗자루 한 자루 빗기 차고 나가면 된다. 조용히 보리밭에 도착하면 흰 눈을 살짝 쓸어낸 후 그 위에 작고 넓적한 돌멩이를 찾아서 눌러 놔라. 둘러메고 간 푸대에서 지난 가을 콩바슴하고 남은 콩깍지를 꺼내어 눈가루처럼 살살 뿌린 다음, 돌멩이 위에 콩알 한 알이나 두 알을 예를 갖춰 올려주면, 끝. 평소 의심이 많은 꿩을 안심시키기 위해 인적을 없애고 철저히 자연으로 돌아가는 것이 필요하다. 이제 해가 넘어갈 때까지 꿩을 기다리기만 하면 화려한 열두 장목에 만신풍채를 갖춘 청산의 대장부 장끼란 놈이 어깨를 들썩이며 나타날 것이다.

설한풍이 몰아치던 겨울 밤,
아홉 식구의 가난한 식탁에 멀건 꿩고기 진잎국이 오르게 된 이야기다.

2부

모래

모래에 둥근 구멍 하나 낼 수 있다면
그, 뻥 뚫린 구멍 안쪽에
푹신한 솜이불 깔고
꽃으로 누울 수 있다면
늦잠 든 잠자리의 노곤한 파도 소리
꿈결에서도 들을 수 있겠지

모래는 멀리서 흘러왔지
산골에서 출발하여 강가를 거쳐
항구를 지나 물결의 잔등에 올라타고
들판에서 바람의 무늬에 섞여
터벅터벅 먼 길을 걸어서 왔지

모래는 눈이 필요 없고
입도 필요 없고
그래서 둥근 귀만 필요한 것이지
귀로 숨 쉬고 귀로 말하고 귀로 웃는 삶

때로는 바람에게 입을 내주고
때로는 구름에게 눈의 편안한 안방을 내주고
때로는 달빛을 가두었다
황혼을 향해 쏟아 붓는 모래의 숨결

누가 모래에게 사랑의 반점 하나를
바늘귀처럼 뚜렷하게 찍어
귀 하나로 거친 세상을 건너게 했을까

모래가 달빛을 밟아 스스로 울음 울게
구멍 하나 맨 처음으로 낸 사람아, 사람아

장화

박하사탕 하나와 쿠키 한 개를 건네주며
여자는 말을 걸며 끈질기게 따라붙었다
슈퍼 앞 버스 정류장에서 밀고 당기다가
어느새 다음 정거장 근처까지 낚싯대를 놓지 않는
여자의 끈질긴 인내력이 파랗다
여자는 나의 영혼을 싼값으로 사고 싶어 하는 눈치다
이때 나는 바다 속 깊은 바위틈에서
오래 묵었다 세상에 나온 개우럭처럼 미끼를
피하는 방법을 이미 알고 있다

나는 여유를 잃지 않고 웃음까지 흘리면서
여자의 얼굴에 돋은 눈썹과 입술을 훑어본다
몸보다 무거운 당신의 영혼이 필요합니다!
여자는 더욱 거리를 좁히며 바싹 다가와 속삭였다
보이지 않는 영혼보다 저는 몸이 더 찌뿌둥합니다!
사실, 오래 됐거든요

허겁지겁 낚시밥 사탕을 물고 사무실로 돌아오는데

구내식당 앞 복도에 장화 여러 켤레가 마중 나와 있다
어, 밥 푸던 주인들은 다 어디로 갔지?
하루 종일 일 때문에 고단한 발목이 빠져나가고
실속 없는 영혼들만 죽 늘어서서 살 냄새를 풍기고 있다

나도 늘어선 여럿 중에
잘 닦인 분홍장화 한 켤레가 신고 싶었다
오늘 나의 영혼은 남 몰래 발목이 삔 상태다

달항아리

평생을 유랑한 나는 결국 달항아리 속에 머물렀다
배다리가 퇴화되어 걸을 때 자로 재는 듯 수평 위에서
땀 흘리며 움직이는 자벌레처럼

내 걸음의 이동은 무수한 둥근 원으로 이루어졌다
내가 살던 초가집도 원을 그리다 만 반원의 둥근 빈방이
었고
맨처음 어머니로부터 받은 소반 위의 밥사발도 뚜껑 없
는 원이었고
어머니가 밤마다 달을 보며 나를 위해 빌던 장광에도
즐비한 원으로 이루어진 장독들이 달빛 아래 눈동자로
빛났다

나는 우람한 몸과 큰 날개를 가지고 세상에 태어났으나,
한 번도 원圓을 벗어나 힘차게 허공을 향해 날아갈 수 없
었다
날개를 수평으로 편 작은 자나방처럼 원의 방정식에서
내 몸을 구부렸다 폈다만 반복하다가, 원이 그은 운명의
경계 안에서

우화하지 못하고 정작 애벌레로만 살았기에

밤마다 달의 둥근 몸체와 유백색 태깔을 배우기 위해
동산에 떠오르는 달빛만 봐도 비음을 흘리는 즐거운 벌
레가 되었지만
항아리가 뱉어 낸 어둠 속에서 본래 달이 아닌
우물에 어린 흔들리는 나무의 그림자만 보고 유쾌하게
춤을 췄다

구부리거나 반듯이 펴거나 둥근 그릇인 항아리로부터
완벽하게 굴레를 벗어나 멀리 바깥으로 나아가고 싶었
지만
늦은 밤 들리는 소쩍새나 부엉이 울음소리까지도
자벌레는 습관적으로 다시 소리 한마디씩 자로 재고 끊
어서
자기 몸 크기만큼의 둥근 원으로 깎고 다듬는 일을 반복
했다

이럴 때면 집 앞 연못에 어김없이 어머니께서 떠올라

둥근 원에 갇힌 나의 구부러진 일생을 희게 누에고치로
씻어서

하늘로 곧게 솟은 높은 바지랑대 끝 푸른 별자리에

둥근 알을 품은 초승달로 밤마다 다시 매다는 것이었다

장항선

철로가 하품을 하는 느린 곡선 위로 기차가 달립니다. 어느 집에선 벌써 나무 문패가 까치발을 서며 마중 나와 논두렁길에서 기웃거리고 있습니다. 마루 아래 댓돌에 놓인 신발들은 텃밭을 거니는 어미닭을 따라 병아리처럼 종종걸음치다 하늘을 휘젓는 솔개의 둥근 원을 보고 바삐 마당 안으로 되돌아갑니다.

야트막한 산을 만나 잠시 막힌 듯하다 이내 탁 트인 벌판이 부챗살로 펼쳐져 다시 달리는 기차의 느린 걸음 위로 천천히 서해로 가는 석양이 노래를 따라 부르면 아이들은 맨발 벗고 박자를 매만지며 고무줄놀이를 합니다.

어머니는 놋쇠 밥그릇에 밥을 퍼 이불 속에 묻어놓고 동산에 풍선처럼 떠오를 부푼 기적 소리를 마루에 앉아 기다립니다. 오늘 밤 기차는 유년의 아궁이에 갈퀴질한 솔가리로 군불을 지폈나 봅니다. 윗목 아랫목 구별 없이 구들장이 따뜻합니다. 기차는 천천히 산모퉁이를 감아 도는 바람에 몸을 얹어 능구렁이 몸짓으로 달빛을 받아가며 길게 별자리를 끌고 간이역 지붕을 넘어갑니다.

별똥별이 청솔가지를 똑똑 분질러 불을 때는 소리에 적막이 흔들립니다. 밤하늘이 둥글게 휘어지면 높다란 기차 굴뚝에서 새처럼 별들이 날아다닙니다. 눈썹에 사기 등잔불을 매단 철길 옆 초가집은 밤새 잠 안 자고 무슨 바느질을 하는지 베 헝겊을 누빈 갈대숲 옆구리가 하얗게 실밥이 터졌습니다.

노도에 가다

    살다가 노도櫓島에 가는 일은 나비가 풋잠에 드는 일이다. 뭉게구름이 머물고 천진한 갯바람만 놀고 있는 노도엔 수다스런 친구는 없지만 겸손한 몽돌이 구르고, 잔잔한 바다가 지난 봄 유채꽃 향기를 간직한 채 사립문을 열고 꾀꼬리 울음으로 반들반들하게 빗물을 반긴다.

    서책을 읽는 둥 마는 둥 심심한 바다와 대화가 계속된다. 문득 낯선 적소에서 더위에 지친 나비는 배롱나무 그늘에 기대어 닭 뼈같이 마른 나무줄기를 잡고 낮은 숨을 몰아쉬며 활짝 핀 꽃숭어리를 가슴에 담는다. 소나기 퍼붓듯 우는 매미 울음에 부풀어 오른 피죽처럼 목백일홍 꽃은 연신 피고, 더위의 무게를 이기지 못해 떨어진 붉은 꽃잎이 둥근 황토 소반에 서늘한 밥상 한 상 차려 내오면, 쥘부채 그늘에 숨어 긴 여름 바깥소식에 관해 나비는 날기를 멈추고 잠시 잊기로 한다.

    날이 저물어 벽련포로 돌아갈 수 있는 배편마저 끊어진 한 생애를 문득 두 칸 초옥에 누이면, 뱃길이 아닌 하늘 길

따라 금산 자락을 넘어가는 앵강만 비단바람 소리가 제법 어둠을 거두어 간다. 흙 바람벽에서 스며 나온 볏짚의 시원한 기운에 깜빡 졸다 아름드리 동백나무에 서려 있는 한 조각 분홍 꿈에 취해 상록의 잎사귀를 비늘 삼아 나비는 몸을 숨긴다.

나비가 묵어갈 허묘 같은 그림자는 아직 이곳에서 안개에 가린 마을처럼 보이지 않는다. 순간을 괴롭히는 맹렬한 열대가 진주해 유혈목이처럼 잔뜩 똬리를 틀고 있다. 풀씨나 초목의 뿌리에게도 한 뼘 자리를 내주지 않던 옛 지사의 낮은 무덤 터가 후텁지근한 세상에 마른 꽃잎으로 아직 남아 있다. 한 치도 물러설 수 없었던 유배의 사북자리를 나비는 잠시 굽은 해안선을 불러 물어볼 뿐이다.

지난 추위를 이긴 두껍고 푸른 관목 몇 그루, 부질없이 쪽빛 바다만 먹먹하게 바라보고 있다. 그러나 세상 끝 노도에서 동백 숲은 모든 걸 괜찮다 괜찮다 하고 스스로 등이 휘어진 길이 되어 물처럼 아득하게 흘러간다. 문득 파래로 옷을 지어 입은 죽방렴에 갇힌 굵은 은멸치의 물결이 햇빛에 꼬리를 흔든다. 바다가 품은 찬란한 나비의 꿈은 언제나 짧고 간단하기만 하다.

무화과의 법칙

무화과 화분을 선물로 받아 한 십여 년 동안 거실에서 키웠다. 물도 뿌려주고 맛있는 영양제도 사주고 정성을 다했지만 늦가을이 오기도 전에 쉽게 누렁 잎 지는 상처만 번번이 내게 안겨 주었다. 아무리 해가 가도 열매 맺을 생각을 하지 않기에 나무도 반성할 기회를 주면 낫겠지 하는 판단에 시골에 가는 친구의 차에 실려 해미읍성으로 귀양을 보냈다. 홧김에 내쳤지만 그동안 정이 들어서일까, 나는 무화과나무의 안부가 궁금해 한동안 견딜 수가 없었다.

세월이 조금 흐른 이태 뒤였나, 지나는 길에 밖에 내다버린 나무를 보러갔지만 깜짝 놀랐다. 담장 아래 바로 텃밭 가에서 마당으로 흘러넘친 나무그늘이 이웃 논밭까지 흔들고 있질 않은가. 머리카락을 풀어헤치고 칠보를 쓰고 있는 것이 아닌가. 무화과는 까만 정금이 열리듯 다닥다닥 달려 아우성이고, 별처럼 초롱초롱한 눈망울에 나는 그만 애고 이놈들, 하면서 끌어안다가 나무의 품이 하도 커서 땅바닥에 곧바로 나자빠졌다.

어항 속에 갇힌 물고기를 강물에 방류하자 거대한 몸집으로 불어났다는 아마존의 비단 잉어가 밤새 내 머리맡에서 헤엄을 쳤다. 박토薄土에 뿌리를 내린 수많은 이파리들이 내 삶의 폐허를 그늘로 적실 줄이야. 그러니까 고삐를 놓아줘라. 제멋대로 풀어줘라.

씨앗

남녀 네 명이 바다 밑 계단 아래 외진 거미줄에 잠들어 있었다. 온몸이 거미의 포획사捕獲絲에 꽁꽁 묶인 채. 승합차 안에 테이프를 붙여 빈 바다를 메우고 젊은 남녀 네 사람은 번개탄을 피웠다. 안면읍 고남면 장곡리 장삼포 해수욕장 인근의 캄캄한 해저, 산호초 한 포기 없는 9인승 쪽배 안에서이다. 신원이 파악된 사망자는 운전자 박 씨와 함께 탄 최 씨, 입술이 유난히 붉은 삼십 대 초반 여자이며, 청바지 차림의 여자 한 명은 어디에서 처음 거미줄에 묶여 왔는지 전혀 주소를 알 수가 없었다. 경찰은 운전자 박 씨가 지난 7일 평택에서 카니발 승합차를 렌트한 한 줄기 실마리를 잡고 이들이 어떻게 만나 이곳 막바지 거미줄에 도착했는지는 조사 중이며, 수레바퀴살 모양의 은밀한 웹사이트에서 서로 만난 것으로 추정은 하고 있으나 점액이 많은 거미줄을 짜기까지의 경로는 수사 중이라고 했다.

실제로 얼마 전에 일군의 생물학자들은 문화재 발굴 유적지의 진흙 속에 묻혀 잠자던 작은 나무 쪽배에서 검정 연꽃 씨앗 네 알을 발견했다. 그리고 사포로 두꺼운 껍질을 얇게 갈아 물에 담가 불려서 천 년 동안 잠자다 발견된 연꽃 씨의 철문을 여는 데 성공한 적이 있었다. 연꽃이 꽃가루받이를 하고 난 다음 밤낮으로 공을 들여 만든 열매를 도감圖鑑은 연밥이라고 전한다. 연밥은 물뿌리개 꼭지나 벌집을 꼭 빼닮아서 촘촘한 씨앗의 방으로 칸칸이 나뉘어져 있다. 연밥이 익으면 작은 연자蓮子가 떨어져 나와 물길을 타고 드넓은 난바다를 향해 멀리 항해를 나가야 하는데, 이들 거미줄에 걸린 네 개의 씨앗들도 분명 거친 바다에서 노를 저으며 항해 중이었으리라. 연탄불에 점령당해 바다가 밀폐된 계단 아래 쪽배에선 타다 만 재 속에 딱딱한 씨앗이 문을 걸어 잠그고 누워 있었다.

숨죽이며 지켜보던 구경꾼들 사이로 파도가 밀려왔다. 끈끈한 거미줄에 걸린 네 개의 연꽃 씨는 두꺼운 생의 껍질 안에서 쉽게 싹을 틔우지 못한 채, 당분간 환생을 멈추고 이승의 꽃잎을 오래오래 잊을 것이다.

마늘밭

마늘밭에 나가 보았다
한평생 마늘밭에 엎드려 있던 그녀의 생애를 만날 수 있
었다
하얀 수건 한 장이 꽃 피지 않은 마늘밭 고랑으로
도르래 탄 나비처럼 왔다 갔다 했으나 마늘밭은 늘 어둠
이 깊었다

정갈한 마늘밭에 나가 보았다
그녀의 식솔과 빛나는 장광과 고요한 살강이 불을 밝혔다
마늘밭에서 가벼운 잡담을 하며 노는 벌레는 찾을 수 없
었다
마늘밭은 언제나 해초가 돋아난 바다의 안채, 정돈된 부
엌이었다

흔들리는 마늘밭에 나가 보았다
잔잔한 파도에 넘실거리는 마늘 향기가 갯바람에 피어
묵은 된장에 감춰 둔 통무에 스민 순결한 소금기처럼
그녀는 마늘밭에서 텃밭의 햇살로 평생을 서성거렸다

한적한 마늘밭에 나가 보았다
밭의 중심이 그녀가 쉬는 방이고 바깥쪽은 녹슨 통로였다
지푸라기 잠재우는 그늘에 아픈 관절을 잠시 펴기도 했을
그녀는 줄곧 겨울을 이긴 서슬 매운 한 자루 호미였다

쓸쓸한 마늘밭에 나가 보았다
속이 아린 마늘종 살짝 바람의 혓속으로 디밀어 넣고
허공을 향해 꼿꼿한 성정을 감춘 그녀가 차지할 마늘 한
접이
세상 끝 침묵의 절벽에서 스스로 알뿌리를 키우고 있었다

그녀가 평생 이룩한 바다, 마늘밭에 나가 보았다

소만小滿

사랑하다 서로 헤어질 때
거머리에게 물린 반점이라도
가슴속에 남아 있을까

이별에 취한 상처가 그만 황홀하여
돌돌 몸을 말고 각자 물속으로 사라진 뒤
당신들은 이내 몸이 가려워 진저리치다
빛의 그늘 속 꽃 진 자리를
밤낮으로 어루만질 수나 있을까

힘든 모내기를 끝낸 후,
논물은 이제 갈수록 깊어만 가리니

나는 섬을 떠났다

우물 속에 계속 잠들어 있을 수가 없어서
끝없이 침전하는 말들의 바다에서
밀려오는 바람을 더 이상 덮을 수 없어서
나는 한 줄기 구겨진 길을 품고 섬을 떠났다

사람들은 수수깡울타리에 갇혀 있었다
축축한 그물 밑바닥엔 해파리가 녹아 있고
사리 때 끼어든 간기가 코를 찔렀지만
완벽하게 속병을 제거하기엔 시간이 없었다
섬은 가렵고 허물을 벗으며 계속 움직였다

깃털이 자라서 죄가 시작된 곳
섬은 한없이 축축하게 늘어졌고
외딴 곳에 불 없는 당집이 있었다
아무리 밝아도 그곳에 갈 수 없다는 건
모두가 알고 있는 두려움 때문이었다
그래서 헤어나기 힘든 오지를 떠났다
붉게 황토로 분칠한 마당을 벗어나

아무도 이곳에 온 적이 없었기에
비밀이 새어나가지 않는단다
바람이 가끔 들여다볼 뿐이다
별빛이 깃털을 부리고 갈 뿐이다
파도의 옆구리로 달빛은 스며들고

그곳엔 눈 어둔 용왕이 살고 있었다
밤이 지렁이처럼 꿈틀거리는 계단 아래
천 길이나 되는 산호초의 나라에
하필 죽은 자의 머리카락을 거두고 있었다
말장을 박아 바다에 길을 표시했으나
나는 바위에 핀 꽃이 싫어서 섬을 떠났다

속옷 빨래

썰물이 빠진 서해, 아무데나 가서 보면
빨랫줄에 걸린 건 하얗게 몸을 헹군 속옷 빨래다

오늘은 길쭉한 몸을 가진 장대도 빨아 널었고
갱개미 메탱이 붕어지도 탈수를 마친 채 널려 있다

지붕을 타고 넘어 온 이웃집 나비란 놈이
입맛을 다시며 혼신을 다해 점프를 하지만
빨래집게를 굳세게 문 박대나 망둥어는
햇살에 물든 푸른 하늘을 포기하지 않는다

간혹 툇마루 모기장 안에선
쉬파리가 귀찮게 구는 세상을 잊은 채,
우럭포가 몸을 말리며 열반을 꿈꾸고 있다

헹구고 짜고 때를 벗겨내
단추까지 떨어진 온갖 바다의 속옷 빨래들이
돌아가고 싶은 물결의 시간을 한참 망각하고 있다

바다의 속옷들은 말없이 한 줄에 매달려 있다

구석

구석에 박힌 감자 통가리를
짧은 다리 하나로
끊임없이 그리마처럼 올라 다녔던 일
잘 보이지 않던 장롱 구석 벽지에 곰팡이가
나팔꽃처럼 피어올랐던 일
담쟁이 넝쿨도 천장을 향해 죽죽 뻗었던 일
그 밑에 세상일을 체념한 혁명가가 꿀잠에 취해 있던 일

명당자리는 역시 구석이라는 설
집 나간 열쇠나 단추는 종종 구석으로 돌아온다는 설

구석에 박힌 돌이 차돌이다
사람도 구석에 박힌 인간이 독종이다
너도 그런 구석에 머무르고 있느냐
조물주도 몸의 구석은 거웃이나 비늘을 입혀 보호하잖니
세상의 구석에 박혀 있다고 서운해 하지 마라
바람이 불면 언젠가 넓은 대양으로 나갈 수 있단다
모처럼 땀을 흘리며 밭일을 도와드렸더니

엄니께서 대뜸 하시는 말씀
애비야, 너도 그런 살가운 구석이 있었남?

내 마음의 구석에 자라는 우거진 풀 한 짐
낫으로 싹둑싹둑 베어 바지게에 가득 얹은 날
붉은 노을은 하늘의 아궁이로 사라지고

새

개발을 서두르는 자들한테 목련나무는 안중에 없었다
오래된 나무는 꽃이 핀 채 무참히 그들의 톱날에 베어졌다

가재가 기어 다니는 도랑물에 그늘을 드리우고
개구리의 목청을 받아 꽃잎을 수놓던 봄밤의 사랑도
맹꽁이의 설레던 기다림도 모두 빼앗긴 사건이었다
사람들은 희망을 발견하기 위해서 서로 거름이 되었다
희망은 때로는 바람 앞에 꽃봉오리 같은 것이라서
쉽게 지고 쉽게 부서질 연약한 것이기도 하였지만
자국에 밟힌 질경이풀처럼 잎맥이 돋아나기도 할 테니까

그날 근처에 있던 찔레꽃 부들 창포들은 함께 했으리라
결사반대 결사반대를 외치며 하늘을 향해 두 팔을 벌리고
떠밀려가는 인파 속에서 체온을 나누며 머리띠를 두르고
어깨를 걸며 북장단에 맞추어 몸을 부르르 떨었으리라
그러나 습지의 수호천사 목련나무는 베어져 숨을 멈췄다
업자들은 갈비뼈를 부러트리고 폐 절제 수술을 결행했다
한겨울에도 얼지 않는 습지의 한쪽을 잘라 팔아버린 것
이다

생명들이 바삐 신혼살림을 차리고 구름이 흘러가다 머무른

　습지가 오랫동안 사람들 곁에 있기를 바랐지만 역부족이었다

　희망을 만들기 위해서 사람들은 거리로 나가 싸워야 했다

　마을사람들과 개발업자 사이엔 팽팽한 제한구역이 들어섰다

마지막 쓰러진 목련나무 둥치를 사람들은 일으켜 세웠다

사지가 잘리고 머리가 훼손된 채 추한 몰골로 버려진 나무

군중의 함성에 싸여있던 꽃나무에서 두 팔이 뻗쳐 나왔다

분노한 발자국 소리가 튼실한 뿌리로 자라나 뭉쳐졌다

거리를 향해 사람들은 넝쿨식물이 되어 환호성을 질렀다

살아나 영원히 습지를 지키는 희망의 솟대가 되겠노라고

마침내 폐가 절제된 나무는 죽어 높이 나는 새가 되었고

습지는 살아나 검둥오리가 찾아오는 갈대숲을 이루었다

나무새는 마을을 한 바퀴 돈 후 높은 솟대에 앉아 있다

목련꽃이 피는 봄이 오면 새벽부터 새소리를 들을 수 있으리

분실

가방 이놈이 달아나니 염소를 잃은 것보다 슬프다
이놈이 내 은행 통장을 가지고 도망갔다
그것도 어머니께서 몰래 주신 종이 통장
잔고는 8만 2천 원, 종로 빈대떡에서 저녁에
친구랑 만나 술 한잔 하며 정치를 얘기하려고 했더니
정치도 달아나고 예술도 달아나고 사랑도 없어지고
나는 순식간에 모든 기회를 박탈당했다
미발표 원고를 누가 읽다보면 실소를 금치 못하리
칼을 든 강도가 나타나 편의점을 터는 이야기에
마지막 반전을 입힌 기가 막힌 코믹 시를
어느 누가 보면 참 한심하다고 여기면서
천신만고 끝에 완성한 문장을 박박 찢어버리겠지
갑자기 주머니 속의 아열대 기후마저 잃고 말았다
그 가방의 고향은 아마 우리나라가 아닌 먼 나라
한겨울에도 그 나라는 야자수가 우거지고
매일 소나기가 퍼붓고 사람들의 얼굴이 태양에 그을려
느린 걸음으로 산책을 하는, 꽃과 열매의 나라였지
붉은 지붕을 머리에 이고 햇볕을 쪼이던 도마뱀과

눈 감은 검정개들의 낮잠에 달콤했던 온갖 차 맛까지
이놈의 가방이 몽땅 들고 날랐으니 큰일이다
한 사나흘 나는 버스로 택시로 지하철로 마차로
이놈을 찾아 길을 나섰으나 나를 맞이하는 주인들은
대부분 무례하고 화난 얼굴로 나를 비웃기만 했다
간이역은 그새 지워졌고 새로운 벽지로 도배를 해서
물기를 없애고 다시 뜯어내 철골을 바꾸고
나는 하염없이 사막 같은 도시의 뒷골목을 걷다가
이놈이 갖고 달아난 연체독촉장을 확인 안 한 사실이
새삼 마음에 걸려 당나귀처럼 안절부절못했다
어쩌면 가방의 창자 깊숙한 곳에 치욕을 숨겼기에
그 누구도 모를 수 있겠거니 하니 천만다행이다
이놈의 가방은 분명 한철 거리의 노숙자로 떠돌다
제 주인에 대한 회상을 말끔히 지워버려 탈색될 테고
따뜻한 옛 고향의 문물까지도 깡그리 잊을 것이다
구름의 콩밭 먼 곳에서 염소 한 마리가 울고 있다
염소를 놓친 나도 어머니의 꾸중을 피해 달려야 하리

그리운 영목

영목은 해 저무는 세상의 끝이다
사람들이 수없이 찾아와도 여전히 낯선 얼굴들
내게 있어 영목은 세상의 모퉁이일 뿐이다
이 세상의 구석진 첫사랑일 뿐이다

한 번도 건너간 적 없는 눈앞의 섬들이
발 디딘 적 없는 맞은 편 육지가
손에 잡힐 듯 보이는 영목에서
나는 항상 나의 뒷모습만 부려놓고 돌아왔다

먼 훗날 그것이 항구의 저녁노을이 되고
갈매기의 울음이 된 사실에 난 관심이 없고
뱃전에 부서지는 허무한 물결의 얼굴에서
내게 주어진 운명의 모든 걸 잊어버리기로 결심했다

나는 그냥 파도처럼 지나가는 사람으로
그냥 철새처럼 잠깐 들여다보는 사람으로 있어야지
물 건너 세상을 거쳐서 이곳까지 도착한 슬픔이

옷에 배어 있는 사람들의 여정에 섞이고 싶지 않기에

그들이 가진 세상의 지도를 보고 싶지 않기에
물기로 스며들었다 햇볕에 증발되는 바람으로 있어야지

항구는 언제나 붐비겠지만 되돌아가는 썰물처럼
비릿한 초승달처럼 마치 태초의 무심한 사랑처럼
영목에서 내 생의 불편한 어둠을 부여잡고
뱃전에 부딪치는 격랑의 물결은 결코 되지 말아야지

돌아설 때마다,
끝내 닿을 수 없는 낮달 한 점을 간직하는 것으로
생을 아퀴 짓고 말아야지 생각하는 것이다

오래된 향교

더 이상 질문에 머뭇거리거나
붉게 물든 문 앞에서 두려워하지 않기로 했다
오래된 습관 하나를 버리기로 했다

활자의 밀물로 내 몸이 실려 갈 때
만나서 말은 많이 하지 않기로 했다
오른쪽 귀가 산 그림자 같아서
그늘에 고개를 숙였을 뿐이고
양쪽 눈이 달빛어린 홍시 같아서
시간을 높이 우러렀을 뿐이다
밤새 낙엽 지는 별빛의 수다에 취해서
당신에겐 횡설수설, 무슨 말을 했을까
오래된 서가에서 걸어 나오는
구척의 사내를 만났지만 물어볼 수 없었다

그가 구름을 밟고 암소를 몰고 떠났기에
나는 방울소리만 챙겨 길을 나서기로 했다

3부

해후

헤어진 뒤, 이십 년 만에 다시 만난 친구는
눈이 크고 두 눈 사이가 움푹 패여 삼식이를 닮은 채
불빛 흐린 수족관 앞에 웅크리고 앉았다

실업의 고통으로 머리에는
단단한 가시들이 발달되어 있었고,
눈 아래쪽에는 어둠이 먹장구름처럼 덮여 있었다
삼식이는 입이 매우 크며,
양 턱에는 작고 가느다란 송곳니가 무리지어 있어서
술잔을 부딪치며 나누는 작은 대화에도 예리한 이빨을
드러냈다
위턱 앞부분과 아래턱을 제외한 몸 전체가 작은 빗비늘
로 덮여 있어
나의 흔한 웃음에도 까칠한 피부를 드러내며
순간순간 탱자나무 가시로 변하는 물고기

바다에는 늘 조류가 빠른 암초 지역이 널려 있고
삼식이의 사냥 습관은 오직 외로운 야행성뿐이다

추운 겨울에는 깊은 곳으로 이동해야 하고,
따뜻한 봄에는 얕은 곳으로 이사를 해야 하는데,
셋방살이 십 년에 반지하 단칸방을 전전하는
저서생물底棲生物이 된 삼식이를 보며 나는 수족관을 응
시했다

몇 순배의 잔을 돌리기 전에
삼식이는 자신의 서러운 내장을 숨김없이 드러냈다
나무도마 위에서 식칼에 등짝이 찍혀 비틀거리다
미처 뱉지 못한 울분이 가득 찬 누런 알을 왈칵 쏟아내
더니,
일당으로 벌어들인 새우와 갯지렁이를 꾸역꾸역 바다에
토해낸다
그러자 마침내 보기 좋게
낮은 시궁창으로 꼬리를 감추고 도망가는 작은 물고기들

삼식이의 재산은
아무런 독도 품지 않은 연약한 탱자가시뿐인가

술자리를 접고 그만 귀가하자고 내가 삼식이를 끌어안자,
낮은 바닥에 납작 엎드려 있던 등지느러미가
갑자기 붉은 빛을 띠며 날카롭게 가시를 세우더니
메마른 내 손바닥을 사정없이 찔러댔다

찬바람 부는 이른 아침,
식감 좋고 얼큰한 속풀이 국을 식구들과 나눠 먹으며
간밤에 캄캄한 바다 밑으로 다시 떠난 삼식이를 떠올
릴 때
자꾸만 목에 잔가시가 컥컥 걸리는 것이었다

정금

어릴 때 산에서 따먹던 정금은 꼭 염소 똥을 닮았다
　그 까만 눈동자를 가진 웃말 정금이 누나는 초등학교를
나오자마자
　이른 새벽 울면서 가발공장으로 서둘러 길을 떠났다

　탄광에서 한쪽 다리를 잃은 뒤,
　장항선 열차를 타고 서울로 올라가다가
　철길에 뛰어내린 아랫말 성호의 눈망울도 그렇게 새까
맸다

　뱀이 정금을 많이 먹으면 허물을 벗다 죽는 뱁이여

　요즘 아침마다 배달되는 이국종 블루베리 한 모금이
　정금처럼 나를 적시며 그 옛날 신맛을 북돋아주는데
　땅꾼 아버지를 둔 친구도 옛 시골누이도 이제는 만날 수
없다

　올 가을 산에 가거든 함부로 정금 따먹지 마라
　허물 벗고 떠난 사람들이 다시 돌아올 수는 없응께

사람들이 좋아하는 열 가지 말에 관한 단상

뱀은 감자밭 고랑에서 비 오는 날 똬리를 틀고 있는 까치
독사가 제일 섬뜩해 보였다

독사를 담근 술 항아리 뚜껑을 삼 년 만에 열자, 당연히
죽은 줄 알았던 뱀이 항아리 입구로 뛰쳐나와 여자의 손을
꽉 물었다

현기증 나는 게 무서워서, 그날 잡아 핏물이 흥건한 소의
지라를 혼자 부엌에서 식칼로 쓱쓱 썰어서 먹은 적이 있다

거미를 키울 것이면 근엄한 독거미 타란툴라를 집에 두
는 게 서늘하니 좋다

쥐가 새끼를 낳아 눈도 못 뜨는 벌건 생쥐를 짚누리 안에
기를 때, 발견 즉시 우리 동네 이장님은 털 없는 핏덩이를
넣고 막소주를 부어 술을 담갔다

말벌이 해질 무렵 벌통을 습격해 온 날이면 삼촌은 어김
없이 빗자루 몽둥이로 때려잡았다 근처에서 벌을 훔치려
기회를 엿보며 어기적대던 두꺼비도 밤에 지게작대기로 때
려 죽였다

지하주차장에서 성형외과의사 아줌마가 외제차를 탄 채
대형마켓에 다녀오다 괴한들에게 납치된 후 살해돼 하천변

에 버려졌다

산불이 묏등을 타고 살살 기어오르더니 뱀이 개구리 잡
아먹듯 소나무들을 통째로 삼킨 다음, 산의 허리를 잘라 먹
더니, 대웅전 옆 종루의 커다란 종소리까지 삼켜 버렸다

피가 고기를 쌌던 신문지에 기름으로 배어 다시 태어난
칼날로 혓바닥을 번들거리고 있다

어둠이 두려운 자식들이 시장 뒷골목에 천막을 내다 치
고 대낮부터 고래고래 술타령이다

군중들은 분노를 이기지 못해 카이로 타흐리르 광장에서
경찰에게 돌을 던지고 차에 불을 지르고 유리창을 단 모든
건물들을 깨서 날려 버렸다

구름 밖의 주소

곰도 따분한 유치장 생활에 진절머리가 난 것이다

아침부터 입장객들이 손가락질하며 저 검은 털 좀 봐,
어머! 코는 왜 흰색이야, 양말도 신지 않은 발은 밝은 갈
색이네
다리는 너무 길고 귀는 몹시 짧아
와우! 앞가슴에 말굽 모양의 오렌지색 고리 무늬가 태양
에 지진 문신처럼 걸렸네
혓바닥이 길어서 빨래줄 같이 바람에 움직이네, 그런데
왜 말을 못하고
재롱은 한없이 늘어지지

그러니 구치소를 탈출할 수밖에. 청계산에 뜬 소방헬기
와 엽사들은 다 뭐야
사나운 수색견이 재빠르게 산을 샅샅이 훑고
인도차이나반도에서 남쪽으로 길게 돌출한 좁고 긴 고구
마, 옥수수자루 닮은
말레이반도가 그의 고향이지 적도가 키워내 겨울잠이 없

는 일명 태양곰

　그가 청계산 매봉에 굽 자국을 남기고 달아나던 날, 발바
닥에 털이 없어 발이
　시려울까 봐 걱정을 했지만, 그는 사실 곧장 고향엘 가고
싶어 했다

　항구에 가면 목재를 실어 나르는 이웃 나라 미얀마 국적
의 배가 정박해 있을 테고
　같은 피부를 가진 선원이 딱 한 번만 눈을 감아 준다면
　선창에 누워 서해를 지나 타이완 해협을 통과, 말라카 해
협으로 곧바로 직행할 수 있을 법도 한데

　눈썹 위에 손을 대고 멀리 서해를 바라보니 무슨 아파트
에 공장에 전선줄에 얽히고설킨 하늘, 게다가 논과 밭은 도
로나 철길에 끊기고 부서지고
　곳곳에 번뜩이는 송전탑과 굴뚝과 높은 첨탑들
　도저히 다다를 수가 없다

그는 마침내 날이 흐리자 구름 속으로 스스로 걸어 들어
간 것이다

넥타이줄 같은 긴 혓바닥을 늘여 빼 태양을 지렛대로 걸어

대롱대롱 거꾸로 매달려 하늘을 향해 거미처럼 몸을 돌
돌 만 것이다

구름이 펼친 양탄자 위에서 스키보드를 타고 몇 바퀴 돌
고 미끄럼 타다

마침내 태양의 나라 열대우림에 도착해, 곰은 바로 굵은
스콜에 섞여

야자수 잎사귀 위에 사뿐히 물방울로 떨어져 내린 거야

산에선 태양곰이 잡혔다는 소식은 아직 들리지 않고,

다만 말라카 해협 근처로 검은 비구름대가 지나가고 있는

선명한 구름 밖의 주소가 적도의 머리핀으로 보일 뿐이다

간이역

기차가 떠나간 자리를 바람이 차지했어
플랫폼에서 나는 비틀거리는 갈대가 되었지
멀리서 구름이 물방울을 씹으며 달아났어
멈춰선 전봇대 사이로 들판이 힘겹게 몸을 가누고
세월에 쓸려온 잡동사니들이 빗물에 젖었어
역은 시간의 안쪽에 뿌리를 내렸더군

기차의 뒷모습을 차마 네게 전할 순 없어
비단처럼 정리된 여름 논밭을 대신 보여줄게
새소리마저 묵언에 든 막막한 슬픔도 함께 전하겠어
떠나는 첫인상이 무척 감미로워 보였어
모든 나뭇잎들이 박수를 치며 일어섰지
기차는 입술을 붉게 그리며 수줍게 달아났어
기차 밖으로 연신 행복한 폭죽이 터지고
가끔 두 팔을 벌리고 걷는 사람들도 보였지

역은 이별의 안주머니에 뿌리를 내렸더군
그가 달려온 길을 차마 네게 말할 순 없어

기로에서 망설이던 기차는 새처럼 훨훨 떠났어
들판 너머 지고 있는 야윈 석양을 대신 보여줄게
기차는 알 수 없는 울음만 백지에 남겼으니까

한 번 지나간 사랑은 다시 오지 않겠지
나는 막막한 천둥소리에 바로 답하지 못하고
플랫폼에서 귀가 잘린 의자로 문득 남게 되었어

열무

　겨우 내가 잡은 오늘의 비밀은 열무 한 봉지라는 생각
　검은 히잡 안에서 열무는 숨죽이며 주인의 눈짓에 따라 본분을 숨기고
　또한 서러운 그 얼굴마저 감추면서 버스에 누추한 옷차림으로 올라탄다
　사람들은 코를 벌름거리며 화약의 근원지를 찾아보지만
　열무는 바삐 귀가할 생각에 미동도 하지 않은 채 진흙 속으로
　더욱 깊이 얼굴을 묻고 건기의 가물치로 모자를 뒤집어쓰고 있다

　열무가 검정 끈에 매달려 석양을 끌고 골목에 들어서자
　동네 개들이 코를 벌름거리며 꼬리를 살랑살랑 흔든다
　땀방울 맺힌 얼굴 한쪽 뺨에 살짝 구름에 가린 흙먼지가 인다
　골목 어귀엔 주먹만 한 파꽃이 공터 여기저기에 피어 있다.
　굶주린 꾀꼬리들아 어서 내 앞에 모여라!
　집 없이 떠도는 거리의 새들에게 나는 석양의 마른버짐을 뿌려준다
　저녁 바람에 혹시 탈이 나지는 않겠지

열무가 있기에 나는 말의 성찬을 모두 생략하기로 한다
새가 흘리고 지나간 공중에 떠다니던 말들이 가라앉는다

추적자

찾아간 날이 장날이라고 그는 폐업신고를 했단다
노새를 타고 물어물어
나귀를 타고 물어물어
낯선 구역의 뒷골목에 도착했을 때
그는 길고양이처럼 사무실에 앉아 있었다

물기가 말라붙은 접시 위엔
언제 적 밥그릇인지 몰라도 밥풀이 말라붙어 있었고
먹다 만 쥐새끼 가죽이 벌건 눈을 부릅뜨고 있었다
전기도 끊긴 방에서
이리저리 날고 있는 땅콩 껍질,
굶주린 식욕이 숨을 죽이고
금방이라도 뛰쳐나와 도망갈 채비를 하는
서책의 활자들은 날카로운 혓바늘을 앞세워
방문객에게 독설을 계속 날렸다

마치 물레를 돌리고 있는 간디의 고행상일까
그의 씻지 않은 얼굴엔 수염이 청어 가시로 솟구쳐 있었고

한여름 말매미의 날개마냥 몸에 걸친 날렵한 의상에선
음습한 창고에서 평생을 지낸 묵은 혁명가 냄새가 났다

그리 오래 못 갈 것 같다
그리 멀리는 못 갈 것 같다
추적자의 심경으로 어두운 사무실을 나설 때
고양이 한 마리가 허공의 총구 속으로 재빠르게 사라졌다

새조개의 나라

어머! 꽃밭인 줄 알았어요, 그래 온통 꽃이다
친구 하나가 다시, 조개껍데기가 꽃인 줄 알았다
그래 정말 무륵과 대숙이 진화한 꽃밭이다

남당항에 가면 조개껍데기가 꽃이고 구름이다
천수만은 갈릴리 호수고 조개 긁는 어부들은 모두
노을을 따르고 본받으려는 저녁의 후예들이다
어부의 반지 대신 조새나 낙지 가래를 들었다
너희들은 화단에 핀 꽃들만 꽃이냐
주인 떠나고 폐가에 모여 있는 호미, 낫, 곡괭이도 녹슬면
꽃이고
빗물 고인 개밥그릇도 칠만 벗겨지면 연꽃이다

저녁 어슬녘에도 동트기 전 새벽녘에도
껍데기는 신비로운 빛을 내는 바닷가의 둥근 무덤이다
흐린 날 바닷가에서 발광하는 새털이 가지와 이파리다
빛은 수면 위로 반사돼 흐르거나 흩어지기도 하지만
별빛과 전구의 도움 없이 스스로 기억을 매만지고 있다

모든 껍질은 오래 남아 추운 날만을 사랑하리라

새들은 이미 구름의 고향으로 돌아갔다
섬만 남기고 무덤만 남기고 껍데기만 남기고 훌훌 떠났다
천수만은 거대한 새가 찍은 발자국
깊게 패인 갈라진 발톱 사이로 밀물이 흐르고
천북을 발톱으로 찍고 남당항을 새가 발톱으로 찍고
백사장도 영목항도 날카로운 발톱으로 할퀸 상처다, 마
그마다
새 발자국에 세상의 빗물이 고였고 궁륭 천장을 이루었다

사람이 죽으면 넋은 영혼의 바다로 흘러간다고 하니
바다에서 물 한 국자씩 퍼서 껍데기에 붓고 또 부어라
죽은 아비가 하늘을 떠돌다 다시 환생할 수 있을 터이니
조갯살을 맛본 당신 입안에서 아비의 이빨이 돋아나리라
어찌하여 새의 영혼들은 이곳 천수만에 둥지를 틀고
멀리 날아온 철새와 철새 같은 구름들까지 불러 모았을까
이윽고 새들은 작은 목소리로 소리를 내며 대오를 정렬
한다

새의 부리가 물 빠진 갯벌에서 뾰족뾰족 싹이 나고 있다

어머, 살아있는 꽃밭인 줄 알았어요! (그래 바다의 새싹
이다)

마른다는 것

삼복더위에 잘도 익은 붉은 고추
넓은 바다에서 잡혀온 비린 고등어
여름내 풀숲에 숨어있다 끌려나온 늙은 호박
따가운 가을 햇살에 꼬투리가 잡혀 세상 밖으로
귀양살이 나온 검정콩
한겨울 눈보라에 뼛속까지 배배 마른 꽃, 황태

다들 공기에게 몸에 밴 물기를 선뜻 내줘야만
몸이 경쾌하게 열대처럼 매워지고
바다를 관통하는 꿈을 가진 해류가 되고
병자에게 좋은 탕약이 되고
따뜻한 한 사발의 해장으로 쓰일 수 있고
아무리 세월이 가도 캄캄한 흙속에서
눈을 뜰 수 있는 딱딱한 해바라기 씨앗이 되는 것

오늘 햇볕 잘 드는 어느 툇마루 멍석 위나
대밭 그늘에서 내 몸을 납작하게 칼로 오려내어
소금이 삼삼하게 배도록 널어 두었다가

밀려오는 햇살 또는 세상의 바람에 물기를 말려
붓다처럼 고행의 내공을 쌓은 후
밝은 숯불에 천천히 마른 몸을 누이면,
그대에게 한 끼 넉넉한 사랑이 될 터인데

날개

날개가 짧은 이놈의 새는
평생 진흙탕을 훑고 다녔지만
막노동판을 쏘다녔지만

자전거에 손수레에 폐휴지 한 짐씩 싣고
동네방네 돌아다녔지만

생률을 넣은 찰밥에
인삼에 대추, 갈비찜을 맛있게 먹어보고나
저승에 갈 수 있을까

죽어서 진흙구이가 된
행복한 조류이거나 추락한 사체死體이거나

진흙으로 널을 써서
육신에 낀 때를 연기로 태우고
관속 가득 생전의 꿈을 가득 채워 놓았건만,
어째서 평생 배고파 방황했을 아귀餓鬼의 얼굴인가

다음 생에는 배곯지 말게
날지 못해서 제발 슬퍼하지 말게

조구망터 연꽃

친구 중에 여름 한철 얼음장사하는 벗이 있습니다
작은 냉동 트럭에 얼음을 가득 싣고 시장으로 바닷가로
낚시터로 온종일 돌아다니다 보면
한여름, 반짝이는 이마에 고드름 줄기같이 길게 땀방울
이 이어집니다
물론 얼음을 받으러 차가운 냉동 창고에 들어가서 작업
할 때만은
잠시 시원한 한겨울로 바뀌기도 합니다만

이 친구 온종일 길에서 길로 이어지는 무더위에 유혈목
이처럼
머리 세우고 사방팔방 얼음을 부리나케 팔러 다닐 때
그의 집 조구망터 낡은 집에선 종일 홀어머니 혼자서 집
을 보면서
개밥도 주시고 닭 모이도 주시다가, 한낮 더위가 드세다
싶어지면
온갖 화초들 등물까지 시원하게 물을 뿌려주며 하루를
보내십니다

아들이 이제나 저제나 언제 돌아오나 마음 졸이면서

조용히 해넘이 노을을 아들이 오는 오솔길로 바라보실 때

조구망터 앞 넓은 연못가 작은 신작로가 온통 서늘해집
니다

아직은 때가 일러 기다리는 트럭 소리는 들리지 않고

물풀이나 갈대 부들 온갖 수초들이 저녁밥 짓느라 수런
거리는

저수지 물결만이 바쁘게 저녁노을로 쏘시개 삼아 불을
지핍니다

그렇게 기다리는 어머니 마음 따라 어둑어둑한 어둠이
다가올 무렵

멀리서 하루 장사를 바삐 끝내고

서둘러 집에 돌아오는 귀에 익은 아들의 트럭 소리가 들
려옵니다

그제서야 기다리던 연못 속에 파문이 일면서 연꽃들이
환하게 촛불을 켜고

어머니 품에 들듯 개구리처럼 풍덩풍덩 물에 마구 뛰어
들어갑니다

아들이 어디 초상집이라도 갔다가 행여 밤늦게 들어오는
날이면
조구망터 동네 사람들은 한여름 밤에 홀로 피어 있는 연
꽃 한 송이를
친구네 집 울타리 대문 근처에서 날이 새도록 볼 수가 있
다고 합니다

견고한 방

긴 여름을 외눈박이 물고기로 살아요
낮이나 밤이나 머리맡을 지키고 있는
당신의 정체를 난 알 수 없지만
계절이 가도록 그냥 당신과 살기로 했어요
일에 게을러 마늘빵이 떨어진 것도
손톱 밑에 가시가 들어 곪은 것도
알고 있는 당신은 도통 말이 없어
다만 바라만보고 있으니 참 시원해요
천장에 붙은 일체의 조명이 실명을 해도
밤새 눈 뜨고 머리맡을 지키는
당신은 원래 외눈박이 거인이었던
키클롭스의 환생이 아닐까도 생각했어요
어둠이 귀찮아서 몸을 떼어낸 후
불빛을 찾아서 날아들어온 풍뎅이
그 아둔한 욕망이 항로를 잃고 투신한 밤
안구 없는 눈알을 밤새 굴리고 있으나
잡념의 풍구바람에 벌겋게 타오르는
왕겨불을 쬐느라고 몸은 항시 무더워요

나는 빙하기 간밤에 달빛을 훔친 죄로
아득한 황금의 방에 갇혀 있어요
지금 동굴밖엔 풀벌레가 울어요
내 얼굴은 어둠 속에서 눈을 감지만
대신 바람결이 명상을 더듬어 찾아줘요
벽은 문으로 나가는 지름길이죠
생각은 걸리지 않고 외눈이 밝혀주는
길을 따라 절벽을 벗어날 수 있어요
두 눈을 가진 모든 사물은 곧 잠이 들겠죠
외눈박이 당신은 걸음을 따로 멈추고
밤새 나의 적막한 밤에 마음을 챙겨줘요
달빛을 받은 꽃병이 하나 둥둥 떠다니고
어김없이 악몽에 시달리다 늦게 눈을 뜨죠
그럴수록 불면은 신비롭게 어둠에 익어
밤새 옷가지를 채색하는 노랑 물감이 돼요
그 오묘한 리듬과 감촉을 잊을 수 없어
철모르고 황금의 방에서 오래 잠들어요
나도 모르게 몸에 밴 무서운 습관이죠
당신도 이 견고한 방에 한번쯤 놀러 오세요

어물전 나비

파뿌리 같이 알싸한 햇살은 그물코로 번졌고
목 잘린 파도가 뛰쳐나와 하루치 노래가 되었지

가까이 앉은 나비가 홀리는 엷은 졸음은
선창이 토하는 가락 속으로 스며들었어

노래가 주는 그윽한 설움은 생선의 비린내로
나비의 목에 감겨 놋쇠 방울소리로 남았고

겹쳐 놓은 어물전 플라스틱 채반은
나비가 밟고 간 높은음자리가 아니었던가!

그러면 햇볕에 널어놓은 다섯 마리 갈치는
나비가 그토록 입맛 다시던 오선지가 분명해

소낙비

먹구름이 드시고 싶다는 당신을 억지로
나무그늘에 매어놓고 남남처럼 돌아서 떠나왔습니다
재빠르게 고개를 넘고 논길을 건너
긴 대교를 가로질러 바다 위로
국경을 몇 개 넘어 구름의 꼬리를 자르고

당신은 이내 소낙비로 따라와
내가 타고 가던 조랑말을 세차게 때렸습니다
내가 널 어떻게 조련했는데
사정없이 싸대기를 갈기듯
말의 엉덩이를 후려쳤습니다

말아, 이놈아 빨리 좀 달리자
지금 빗속이라 막힌다니까요

벽에 걸린 체를 몰래 들고 고기잡이 나갔던
개울은 벌써 몸집이 불어 흙탕물이 되었습니다
들녘 끝 실개천이 보이기는 했지만

소낙비는 여전히 늙지 않고 자라나는
당신의 싸리나무 회초리 같은 것이었지요

하늘 밖에선
우람한 분이 흔드는 요령소리만 들려왔습니다
그런데 당신께서 제게 감긴 먹빛 구렁이 울음은
언제쯤이나 똬리를 풀어줄 수 있을까요

통영

맑은 날 미륵산에 오르니 내 나이 무렵의 아버지께서 햇빛을 받아 환하게 빛나는 바다 위를 걸어 나오셨다. 작은 목선이 지나가며 물살을 갈라도 흔들리지 않고 저무는 세상의 적막한 바다. 아버지는 빈 항구에 무슨 사연이 있어서 여태 못 떠나시고 비린내 진한 침묵의 바닷가를 홀로 서성대고 계시는 것일까. 여기서 불 밝은 고향 진주 단목丹牧이 지호지간인데, 안개에 가려 멀리 어떤 소식도 보이지 않는다. 새 울음에 간혹 흔들리는 동백나무 숲속에선 아버지께서 그토록 꿈꾸었던 붉은 꽃 몇 점이 그늘 아래 지고 있었다. 아버지, 이제는 무색의 바람으로 제발 떠돌지 말고 곧장 고향으로 돌아가시죠.

문득 취기가 올라 내가 윽박지르듯이 여쭙자 아버지께선 향긋한 미역이며 다시마를 바다에서 건져 올렸다. 꽃다운 내 나이 적 바다를 집어넣어 주시며 거친 살림에 여기저기 베여 덧난 당신의 상처를 하얗게 부서지는 파도 몇 이랑으로 선뜻 펼치셨다. 바닷가 허름한 숙소 불빛 아래 나는 냉기 어린 마룻바닥에 외로운 아버지로 밤새 엎드려 아버지의 생애를 끌어안고 흐느꼈다. 잠 한숨 이루지 못한 밤, 이윽고 그 옛날 아버지께서 마분지에 써 보내주신 정겨운 편지 한 통을 오래 곰삭은 젓갈 항아리에서 몰래 꺼내었다. 그리고 천천히 내 입에서 흘러나오는 밤바다의 뱃고동 소리를 거듭 읽고 또 새김질하는 것이었다.

4부

외투

누구나 살면서
가슴에 대못 하나쯤 박고 살게 마련이다

그걸 숨기기 위해
사람들은 녹이 슨 못 위에
자신의 화려한 외투 한 벌을 걸어둔다

흰 옷

백봉오골계의 겉옷은 평생 흰 옷이다
검은 속살을 감추기 위해서
바람에 털갈이를 하고 윤기 나게 단장을 했다

그러나 암탉의 정수리를 보면 머리털이 거의 없다
이놈들이 무슨 위중한 병에 걸린 게 아니라
교미를 할 때마다 정열적인 수탉의 애정 공세에
암탉이 정수리가 찍혀 머리털이 다 빠진 흔적이다
미인일수록 털이 하나도 없이
대가리가 오죽烏竹처럼 빛이 난다

사람도 가끔 암탉 오골계 신세가 될 때가 있다
겉으론 옷을 화려하게 입고 있지만
안으로는 마이너스 인생, 빚을 져 감당을 못하게 되면
머리카락이 방바닥에 붉은 동백꽃 모가지처럼
어둠 위에 소복하게 깔리기 시작한다
그야말로 탈모의 위험한 생애가 시작되는 것이다

걸려오는 전화마다 나른한 봄날
마음을 괴롭히는 건 선운사 뒤꼍 붉은 그늘일까
모든 근심은 다북쑥 자라듯 하고
교미의 쾌락에 별로 관심이 없어도
점점 머리카락이 벗겨진 오골계의 꼴이 되기 십상이다

철조망에 가린 견고한 닭장에 갇혀
머리카락을 이유 없이 반납하며 살고 있는
하얀 오골계를 닮은 뒷골목 거리의 아저씨들
닭아, 이놈의 영리한 닭아
오늘 내 쑥대머리 머리통도 네 날카로운 부리에 찍히
는 겨?

괜찮다…

와송 瓦松

해당화 피는 무인도에 가서나 뿌리 내릴까
높은 기와지붕에 올라가 살림을 차릴까
바위솔아, 체형이 작고 뼈대가 깡말라서
바람이 지나간 길만 겨우 간직하고 사는 풀아
햇볕에 달궈진 바위 위에서 춤을 출까
온힘을 다해 완력으로 버티고 서 있을까
필요한 만큼만 그날그날 제하고 몸을 바싹 말릴까
바람에 실려 온 적은 흙속에서 살다 보니
최대한 덜 먹고 조금 울면서
죽지 않고 견딘 덕에 온몸 가득 독을 품게 되었구나
어느 날 뭍에서 건너온 사냥꾼에게 뽑혀
세상 밖으로 공손히 붙들려 나가서
무서운 항암 치료에 이를 악문 독이 쓰이게 될 줄이야
허공을 품고 깡으로 버티고 살아남아야
누구나 위태로운 바지랑대 끝에서
일생을 걸었던 꿈이 한번쯤 약으로 쓰일 수 있다

솜틀집

묵은 우표 같은 입간판이 솜틀집을 가리킨다. 집은 사라
졌고 잡초가 우거진 폐차장 담장 높이 옛 간판만 녹이 슨 채
길목에 나와 있다. 구름에 가려 보이질 않는 솜틀집 집터엔
주인이 버리고 떠난 온갖 고철과 폐타이어 철사 줄이 수북
이 쌓여 있다. 나는 가끔 솜틀집 간판 아래서 달달한 목화
다래 씹어 먹던 유년의 생각이 언뜻 떠올라 오래 발걸음을
멈추고 솜틀집 안을 엿보지만 옷장을 차지하고 있던 묵직
한 솜이불은 떠오르지 않는다. 추운 겨울 우리의 따스한 밤
을 책임져 주던 포근한 이불 안에서 주고받던 이야기 소리
도 들리지 않는다. 모두 떠나갔는가.

숨 막히게 돌아가며 솜을 트는 솜틀 기계가 부옇게 묵은
솜먼지를 털어내고 있다. 지난 시간을 고스란히 간직한 헌
솜은 언제나 새로운 공기와 새로운 햇빛만을 요구한다. 방
금 샤워를 마친 솜은 솜사탕처럼 부풀고 보송보송하다. 발
가벗겨진 솜뭉치는 새하얀 솜싸개를 입으면서 주인을 만날
채비에 발효된 술처럼 신나서 어깨를 들썩인다. 그러나 솜
틀집 옛 간판이 가리키는 화살표는 언제나 목화솜이 활짝

펀 고향 산밭 쪽으로 길이 나 있다. 다행이 오늘 밤 하얀 달빛이 비누 거품처럼 피어난다. 환한 목화밭에서, 나는 추억의 솜 한 자루를 따서 둘러메고 솜틀집 어귀와 맞닿은 세상 밖으로 힘겹게 걸어 나간다. 사라진 솜틀집 한 채가 공터 한 쪽에서 불을 밝히고 있다. 오늘 밤 추억의 솜틀 기계를 밤새 돌릴 수는 없을까.

동네 한 바퀴

따끈따끈하고 쫀득쫀득한 강원도 찰옥수수가 왔어요. 맛
있는 술빵이 왔어요. 동네 한 바퀴, 부지런히 도는 트럭 한
대. 꽁무니 따라가며 동네 한 바퀴 천천히 도는 내 발걸음.
사람들은 한 명도 모이지 않고 봄밤에 꽃망울 부푸는 벚나
무들만 쳐다보고 자기들끼리 키득거리네.

꽃나무 아래엔 온종일 홀로 거리를 지킨 빨간 우체통. 오
늘 입에 넣은 건 어느 불량한 길손이 던져 준, 피다 버린 꽁
초 한 대뿐. 그래도 이웃이 좋아 주소를 옮길 수 없네.

환하게 꽃 핀 알전구 매달고 열심히 돌아다니는 동네 한
바퀴, 두 바퀴로 이어지는 트럭 한 대. 벚꽃보다 지름길을
알고 먼저 왔네. 목련보다 먼저 달려왔네. 아직 일러 꽃은
불을 켜지 않았고 봄이 오는 밤길을 환하게 비추며 지나가
는 트럭 한 대. 오늘 판 거라곤 겨우 해질녘 꼬부랑 할머니
가 팔아 준 술빵 한 봉지. 누구나 편안한 물컹대는 밤인데.

나 홀로 천천히 걸어보는 동네 한 바퀴, 서서히 길들이 어
둠 속에 잠겨가네.

철새

부리와 몸통이 그물과 낚싯줄에 칭칭 감긴 채
절규하듯 헤엄치는 큰회색머리아비가 푸른
물 위에 떠다닌다

날지 못할 정도로 질긴 고래심줄이 감겨 있어
큰회색머리아비는 계속해서 온몸에 멍이 들 때까지
호수를 벗어나려고 머리통으로 물살을
들이받는다

밀린 월세 25만원을 갚지 못해 주인과 몇 차례 싸운 뒤
홧김에 자신의 방에 불을 지르고 달아난 강 씨가
모자와 목도리에 칭칭 감긴 채 파출소 의자에 앉아
지늘키며 울먹이고 있다

큰회색머리아비와 강 씨 둘 다
살기 좋은 우리 동네에서 한철을 나며
먹이를 찾아 유랑하는 철새다

네 이름은 땡꼴

도회지 길가에서 땡꼴을 만나면 반갑다

네 이름이 까마중이라고?
까까머리 까마중, 까만 중?
나는 어릴 때 담임선생님처럼 묻고

까까머리 친구 생각에
까까머리 중이었던 삼촌, 스님 생각에

집에서 혼나고
골났을 때 따먹던 돌담 밑 땡꼴
내가 어릴 적 네 이름은 다정한 땡꼴

일찍 도회로 집 나간
누이의 머루알 같은 눈동자를 닮은 까만 땡꼴

아직도 고향에 못 돌아간 누이는
보도블록 틈새에 셋방 얻어

맘에도 없는 도시 건달 만나 줄줄이 새끼 낳고
주머니떼알 까만 얼굴로 살고 있다

네 이름이 원래 땡꼴이지,
뭐라, 먹달이라고?
늦여름 고춧잎이 시든 고추밭이나
가을 콩밭에선 애기꽈리라고 불렀지
도회지에선 까마중, 한약방에 가면 용규라고?

내게도 친한 친구가 있어, 부산에서 배 타는 용규
군대 갈 때 예산 역에서 까까머리로 바래다주었던…

낙지의 꿈

낙지는 범행 후 죽은 자에게 몸부림의 흔적을 남기지 않
는다
낙지가 코와 입을 막아 살해했다면 본능적인 저항으로
몸에 상처가 남게 되겠지만,
낙지는 무죄를 확신하기 때문에
강력한 흡반으로 기도를 순식간에 막아 자연사처럼 일을
꾸민다

낙지는 연체자나 신용불량자인 사람을 더 좋아하고
고액의 생명보험에 가입한 인간을 누구보다 더 사랑하고
사랑에 눈 먼 순진한 여자를 온몸으로 감싸 안을 줄 안다

연인이 사경을 헤매는 동안에도 다른 사람과 교제하는
이중인격의 행동을 낙지는 배반이 아니라고 항변한다
낙지는 그의 수많은 흡반 만큼이나 자신의 인감을 자주
바꾸고
계약을 파기하는 협잡꾼이 되어 세상의 도리를 초월한다
낙지는 정절이나 지조를 달가워하지 않는다

돈 냄새에 취한 낙지의 발걸음은 언제나 밀물처럼 분주
하고
 제기된 모든 의혹들을 반전시킬 수 있는 낙지의 지혜는
 썰물에 말끔해진 갯벌처럼 능히 진실을 묻히게 할 수 있다

 낙지는 사건의 알리바이를 무제한 생산할 수 있다.
 한 다리 건너 제 삼의 인물을 등장시켜 사고를 신고하게
하고
 제때에 목격하게 해서 완벽한 인과율을 완성한다.
 어금니가 좋지 않아 산 낙지를 먹기 어렵다는
 명쾌한 여검사의 추궁 같은 것은 낙지에게 전혀 문제가
되지 않는다
 낙지가 저지른 일이 워낙 은밀하고 때로는 자연적이기
때문에
 폐쇄회로 화면에도 낙지의 낮은 포복은 찍히지 않는다

 완벽을 추구하는 무죄의 꿈이 강렬한 저녁마다,
 사람들은 철판구이 불판에서 끝내 몸부림치며 죽어가는
 낙지의 허망한 종말을 생각 없이 먹어치울 뿐이다

찰박*

서산의료원 307호실 잔잔한 바다
찰박이 수중에서 널빤지 하나 잡고 있네

찰박 한번 맛나게 드시지 못한 당신
틀니를 들고 칫솔로 구석구석 닦아줄 때
이빨에 철심이 박혀 찰박의 뼈대처럼
물에 떠 있는 쪽배, 몸의 한 뿌리를 보네

어갑 대신 척추를 고정시킨 받침대로
간신히 부력의 중심을 잡고 있는 찰박
배는 떠나려 하고 온몸으로 동아줄을 잡고
시간의 물살을 홀로 견디고 있는 찰박

바다를 떠나 이토록 답답한 고무대야에 갇혀
무슨 말을 할까 말까 속마음은 알 수 없고
찰박의 몸은 짓물러 망망대해 바다로 돌아가는 중

---

* 　찰박: 갑오징어의 안면도 사투리.

어느새 나까지 물에 잠기어 창밖을 보네

무논엔 벌써 누군가 바삐 모를 내다 심었네

다락방은 우주선처럼 날아갈 수 없을까

다락방의 머리끝에는 안테나가 은빛으로 빛나고,
안쪽에는 비행사가 탑승하는 럭비공 캡슐이 있으며,
아래엔 원뿔형 기계실이 매달려 있었으면 해요

다락방으로 통하는 나선형 편백나무 사다리는
하늘에 감추어 둔 양말처럼 길게 늘어져
구름 밖에 고여 있는 햇살을 부르기도 하지요
일찍이 새의 날개에 풍향계를 달아주던 기억
일과가 없어 주로 면벽의 꽃밭에 빠지고
서책을 읽기보다는 칼로 오려낸 활자를 풀어놓으며
말없이 안개의 단꿈을 마시며 뒹굴던 나날들
남 몰래 감추어 둔 빈집에 숨어 지내는 일은
비가 내리면 할 일이 없어 날개를 펼치다 접는
처마 밑 제비처럼, 먼 발자국 소리가 만져지기도 하지요
밖을 내다보는 일을 다락방은 참 싫어하기는 해요

단잠에 먹을 것을 잊게 해주는 구름 속의 집
씨앗은 여전히 여물지 않았고 나팔꽃이 올라오는

어둠에 갇혀 생의 한철을 보내는 갑충도 있을 법해요
기린이 사수에게 쫓겨 피 흘리며 날기도 할 것이고
능선이 어둠을 당겨 켜켜이 포개진 산마루에서
청빈으로 반짝이는 장수하늘소의 얼굴을 발견할 때
참으로 젖은 것은 가벼워지기를 갈망하고
가벼워진 것은 또한 날기를 두려워하기도 하겠지요

다락방 생활은 몸을 둥글게 말고 세상과 절연한
나무껍질 속에 든 구름으로 생이 뭉쳐있을 것이지만
날지 못한 새가 매일 찾아와 가장 키 큰 나무에
자신의 몸을 감추려고 나뭇잎을 토해 놓겠지요
달의 요정이 숲속에 스며드는 것을 볼 수도 있지요
그때 보호색을 띠고 몸을 숨긴 밤하늘의 다락방은
무중력 기류를 타고 둥둥 홀씨처럼 떠가는 것일 테지만
별들도 날기를 멈춰 속도가 정지된 수면 상태라지요

정말 우주선이라면 밤하늘에 갈치 모양의 긴 꼬리를
휘저으며 제 속도를 내어 귀환하고도 싶었을 거예요

그때마다 우르르 꽝 무너지면서 해와 달이 서로
순서를 잊은 채 번갈아 헛구역질을 한다고는 했어요
어느 날 나귀를 타고 이곳을 방문한 은자가 있어
허연 수염 아래로 별무리를 반짝이면서 말하기를
자네는 예서 날마다 무슨 비행연습을 하고 있는 건가
날아갈 포물선을 손끝으로 탐색하고 있을 뿐입니다
만일 항로를 찾지 못한다면 지워진 길을 찾을 수 있겠나
그러니 다락에 숨어 이렇게 천둥을 어루만지는 중입니다
벼랑 위에 묵어야 사다리를 깊게 내릴 수 있으니까요

지붕을 열어젖히고 하늘의 별자리를 암송하다보면
다락방은 결국 한 점 우주선으로 흐르고 있을 거예요

우물 제사

우물 속에는 항아리가 차곡차곡 쌓여 있네
맑은 물 대신 항아리마다 울음이 가득 들어 있네
사슴과 고라니와 멧돼지의 점프와
까마귀와 꿩과 참새의 비행이 각각 섞여 있네
고양이는 울다가 목이 쉬어 소리가 잦아들었네
뼈끼리 뭉쳐 있는 것으로 보아 숨이 넘어가던 순간
서로가 따뜻한 체온을 약간은 나누었을 법도 하네

별빛은 너무 멀리 있었네
물속에 뜨던 달도 벌레가 나뭇잎으로 먹더니
찰깍 한순간에 소등되어 버리고 말았네
줄 끊어진 나무 두레박이 물속에 잠겨
소뼈와 사슴의 다리뼈를 어미처럼 품고 있네
복숭아 썩는 향기가 우물 속으로
가득 퍼져 울리고 피고름이 고이네
젊은 엄마는 어린아이를 아주 잊기로 했네
앞산 돌부처에게 명복을 빌며 소나무 한번 볼 뿐이네

아이가 우물에 던져져, 자갈 밑 우물 상석 아래

항아리 등에 엎디어 있을 때 시간은 인골로 변했네
들판엔 소낙비가 쏟아져 질긴 가뭄이 드디어 끝났네
우물 밑으로 아이의 머리카락은 실뿌리처럼 자라나
나무 두레박을 삼줄로 칭칭 묶어 매더니
하늘을 나는 돛배로 만들어서 밤마다 물고기자리까지
두레박으로 찬물을 길어 올렸네
즈믄 밤을 홀로 지내던 아이의 머릿결을 나무 빗이
맨살이 다 닳도록 머리를 빗겨 주었네

잘 가라, 아이야, 구름은 무겁고 엄마 가슴처럼
천 근 만 근 돌로 짓누르며 납작납작해지고,
놀란 귀신은 만삭의 먹장구름을 우물 근처로 보냈네

개와 고양이를 하나씩 정성을 다해 우물에 빠뜨리네
아이의 외마디 비명소리를 산 채로 우물에 던지네
곧바로 상석을 덮어 울음을 지우고 문을 닫아버리네
자갈과 기와 조각, 흙으로 허공을 덮어 우물을 메우네

엄마는 그만 아이를 잊기로 하고
천 년 동안 잠들 깊은 우물의 돌문을 찰칵 닫기로 했네

모자

우리는 모두 모자 하나씩을 들고 있다
품이 너무 작거나 때로는 큰 모자

붉은 오디를 따러갈 때 모자를 쓰고 가
돌아올 땐 가득 황홀한 구름을 채워와야지
알밤을 주으러 갈 때도 생각은 마찬가지

절뚝거리며 이동 중인 사나이
모자를 들고 천천히 사막을 걷는다

아무도 거들떠보지 않는 모자
모자는 텅 빈 채 허공을 받아내고 있다
모자를 다시 쓰자니 배가 고프고
손을 놓고 돌아서자니 무일푼이다

사내는 한 칸을 빠져나가
다음 칸으로 움직이는 중이다
빈 모자를 들고 다니는 일은

모자를 쓰던 옛 칸이 없어졌기 때문일까

칸에서 칸으로 모자를 든
사내가 여전히 이동하고 있다

내 몸의 헛간

그녀가 떠나자 불탄 집 한 채가 내 몸 안에 들어왔다
그을린 서까래가 아직 남아 있고 담장이 무너진 흙집,
주인이 버리고 떠난 소슬한 헛간이 우두커니 서 있다

그녀는 막 꽃이 필 무렵 서둘러 길을 떠났지만
일찍 핀 꽃나무는 그녀가 지나가는 걸 지켜보았다
불탄 집 근처에서 아무렇지도 않게 피어 있는 풀꽃들,
분홍빛 꽃잎들은 낙화 이후 검은 빛으로 타버렸다
나는 그녀가 남긴 향기를 찾아 사방을 배회했지만
그녀는 어느 곳에도 깃털 하나 남기지 않았다

피라미처럼 새순이 허공을 향해 연두를 입질하였다
가시가 일부 드러나 있었지만 속삭이듯 곳곳에서
꽃눈이 여린 혓바닥으로 내게 말을 걸기 시작했다
잎이 무성해지면 당신이 가진 가시를 덮어드릴게요
어떤 사랑이든지 그늘진 안쪽에 가시가 자라기 마련이죠
처음엔 연약하다가 점점 가시는 굳고 단단해지는 법,
허공을 감싸기보다는 찌르려는 성질을 참지 못한다

그래서였을까? 내가 무심코 비췄던 가시 때문이었을까?
나를 먼저 보내놓고 뒤에 남아 웅크리고 있던 그녀는
가시를 눌러 삼켜가며 찔레꽃 한 아름을 토해내고 있었다

　결국 그녀는 타다 만 헛간 한 채만 불탄 자리로 남겨두고
떠났다
　덤불이 헛간을 삼켜 찔레꽃으로 하얗게 지붕을 이는 날
이 올 것이다

카나리아

비누거품에 내 눈이 몹시 매울 때
이놈은 귀신같이 알고
대신 울어 준다
아무래도 이발사 손아귀 힘이
보통을 넘어 내 두피가 아프다고
외마디 소리를 치기 전에도
새는 알고 울어 준다

암컷과 오래 떨어져본 경험이 있는
이놈은 슬프지 않게 청아한 목소리를
낼 줄도 안다
두 부부가 말없이,
한 사람은 칼을 갈아 면도를 하고
한 사람은 골고루 염색약을 입힐 때
사이의 침묵을 울음으로 메꿔준다

말이 넘치는 세상
인간의 언어를 새울음으로

대체할 그날을 생각해 본다
그럴 리가
그럴 리가

아니다
사람을 잡아다 한 사백년
새장 속에 가두고
붉은 수수쌀만 준다면
몸은 서서히 딱딱해지고
낱말을 새장 밖으로 흘리다가
일만 년 전 처음 입을 떼던 외마디 소리만
목에 걸려, 고음으로 울려퍼질지

호모 카나리아쿠스
호모 카나리아쿠스

아름다운 새장에 갇힐
쓸모없는 인간의 말들

주름

미역 한 줄기 따기 위해
낫을 푸르게 갈고
태풍이 당도하기 전
맑은 날을 점쳐
거센 물살을 헤치고
미역포기를 낚아챌 때
사람들은 목숨을 거는 것이다

무정한 바람에게
깎아지른 바위에게
온몸을 내주며
미역밭에 뛰어드는 일이란

고래도 다리가 있어
꽃신을 신고 바다로 간 시절
어미가 새끼를 낳은 뒤
바다풀을 먹기 위해
사람 가까이 왔다가

돌칼에 찍혀 피 흘린 신화처럼,
누구에게나 미역 한 줄기가
그리 쉽게 다가설 리 없다

아픈 그대 주려고
국 한 냄비 끓이기 위해
진주조개 잡아넣고
그릇 안을 바라보고 있으니
대답 없는 세월의 풀포기들이
물이랑을 펼쳐 보인다

분수대를 신고
구름을 항해하는 비행물체
방울방울 은방울꽃 고래야,
이제 파도의 씨앗을 감춘
미역귀가 주름을 뱉어내면
그토록 사무쳤던
너의 심장 한쪽을 만날 수 있겠다

'사랑'과 '시'를 향한 치열하고도 고독한 자의식
— 하재일의 시세계

유성호(문학평론가, 한양대 국문과 교수)

1

　서정시는 대상에 대한 주체의 몰입이나 동화同化의 의지에서 발원하여 쓰이는 경우가 많다. 이를 두고 서정시의 '동일성' 원리라고 부르는 전통은 꽤 오래된 것이다. 현대로 올수록 대상과의 불화나 균열에 주목하여 주체와 대상 사이의 아이러니를 형상화하려는 지향도 있기는 했지만, 여전히 서정시의 주류는 대상과의 합일을 통한 동일성 원리에 의해 구현되고 있다고 해도 지나친 말이 아닐 것이다. 물론 이러한 원리가 주체와 대상 사이의 원만구족圓滿具足한 공존만을 뜻하는 것은 결코 아니다. 대상의 부재와 결핍에서 비롯되는 그리움이나 안타까움을 통해 대상에 더욱 다가가려는 역설적 노력 역시 동일성 원리의 중요한 측면을 형성하고 있으니까 말이다. 어쩌면 우리는 이를 일러 불가피한 존재론

131

적 한계에서 비롯하는 비극성이라고 일컬을 수 있을 것인데, 서정시의 최종 심급은 이처럼 부재와 결핍을 승인하고 견디고 넘어서는 과정에 있지 않을까 한다.

우리가 읽게 될 하재일의 신작시집 『동네 한 바퀴』(솔, 2016)는, 깊은 경험에서 우러나온 진정성 있는 실존적 고백록으로서, 삶의 가장 구체적인 부재와 결핍을 받아들이면서 그것을 동시에 넘어서려는 감동적 언어와 사유가 역동적으로 펼쳐진 성과라고 할 수 있을 것이다. 시인은 "나는 속이 텅 비어 있다/비어 있기에 바람에 쓰러질 수 있다/그래서 당신은 내게 마디를 만들어주셨다/더 높이 더 멀리 날아갈 수 있도록"(「시인의 말」)이라고 말하고 있는데, 이때의 '텅 빔'과 '쓰러짐'과 '날아감'의 연쇄적 병렬 과정이야말로 하재일 시편의 그것과 현저한 상동성相同性을 형성하면서 이번 시집을 구성하고 있다고 할 수 있다. 이제 그러한 '사랑'과 '시'를 향한 치열하고도 고독한 자의식이 숨 쉬고 있는 세계 안으로 들어가 보도록 하자.

2

앞에서도 강조하였듯이, 하재일의 시세계는 부재하는 대상에 대한 열망에서 비롯되는 일종의 존재론적 비극성을 담고 있다. 가령 그는 사랑하는 대상과의 결별 상황에서 시를 시작하고, 그럼에도 불구하고 '그대(너)'를 향한 사랑의 변함없음을 집중적으로 노래한다. 그래서 우리는 한편으로 그의 시를 '그대(너)의 부재-그대(너)를 향한 열망'이 얽힌 비극성의 구조로 읽게 되며, 한편으로 그러한 비극성을 넘어서는 '사랑'의 시학이 어떻게 완성되어 가는가를 경험하게 된다. 그런데 특징적인 것은, 하재일이 노래하는 '사랑'이 구체적이고도 직접적인 체험을 소재로 하고 있다는 점이다. 물론 체험을 시적 소재로 하는 것이 하재일만의 브랜드는 아닐 것이다. 하지만 하재일에게 이 점이 특별히 강조되는 것은, 자신의 체험 바깥 영역을 노래하지 않는 그의 견고한 일관성 때문이다. 그만큼 그의 시편들은 설익은 관념을 추구하거나 전위적 실험 의지를 목표로 하지 않고 있고, 애써 지은 표정이 없는 삶의 깨달음을 곡진하게 담고 있다. 그렇게 시인은 시간이 준 상처의 무게를 자신의 몸 속 깊이 끌어당겨 육체화하는 안목을 얻기까지, 꾸준하게 자신만의 세계를 일구어왔다고 할 수 있을 것이다. 그래서 그의 시세계는 무반성적이고 자동화된 작품을 쏟아내는 행위와는 엄연히 구별되는 것이다.

사랑이란 서로 다른 생각이 어둠으로 잠겨 있는 것

성당 진입로 담장 아래 자전거가 자물통이 채워진 채

은행나무에 꼼짝없이 강아지로 묶여 있듯이

자전거의 주인은 품이 크고 속이 깊은 나무를 믿고
쇠줄을 채워 놓은 채 쏜살같이 건물 안으로 사라졌다

자기들끼리 길가에 버려져 바람의 결에 노숙하는데
위치를 벗어나 야반도주라도 할 생각은 없는 것일까

간혹 지나가는 행인이 술에 취해 발길질을 해도
맨몸으로 부둥켜안고 있어야 날마다 쓰러지지 않는다

내가 배회하던 밤, 달빛으로 서로에게 이불을 덮어주면서
불편한 거리의 사랑을 운명으로 받아들이고 있었다

나무와 자전거의 결합이 상처뿐인 생이 아니라
둘의 맹세인 옹이로 변해 잎은 푸르러지는 것이다
                              ―「자전거는 푸르다」 전문

  '자전거'라는 구체적 대상을 제재로 삼은 이 시편은, "사
랑이란 서로 다른 생각이 어둠으로 잠겨 있는 것"이라는 인
상적인 아포리즘으로 시작된다. 어떻게 사랑이 '같음'과 '밝
음'과 '솟구침'이 아니라, '다름'과 '어둠'과 '잠김'으로 정의

될 수 있을까? 물론 이러한 이색적인 정의는 성당 진입로 담장 아래 꼼짝없이 묶여 있는 '자전거'에서 연상된 것이다. 아니 "품이 크고 속이 깊은 나무"를 믿고 거기에 자전거를 묶어놓은 자전거 주인을 떠올리면서 착상된 것이다. 그 주인의 믿음이 자전거들끼리 노숙하면서도 한 자리에 있게끔 한 것이고, 나아가 행인의 발길질에도 쓰러지지 않게끔 한 것이니까 말이다. 시인은 그러한 믿음으로 "달빛으로 서로에게 이불을 덮어주면서/불편한 거리의 사랑을 운명으로 받아들이고" 서 있는 자전거의 모습을 바라본 것이다. 그 "불편한 거리의 사랑"이 바로 "나무와 자전거의 결합이 상처뿐인 생이 아니라/둘의 맹세인 옹이로 변해"가게끔 한 것임을 발견하면서, 시인은 자연스럽게 자전거를 묶어두었던 나무역시 푸르러간다고 느껴간다. 이때 '사랑/맹세' 같은 서로의지하는 마음이 '불편/상처' 같은 것들을 뛰어넘는 상상적과정을 수반하게 된다. 그러니까 처음에 시인이 말했던 "서로 다른 생각이 어둠으로 잠겨 있는 것"에서 '사랑'은, 어느새 운명처럼, "둘의 맹세인 옹이"로 나아가는 것이 아니겠는가. 그렇게 "세상의 구석에 박혀 있다고 서운해 하지 마라"(「구석」)고 말했던 하재일 시인의 시선은 "한 생애가 온통 철없는 사랑인 줄"(「불량 과일」) 알아가고 있는 것이다.

사랑하다 서로 헤어질 때

거머리에게 물린 반점이라도
가슴속에 남아 있을까

이별에 취한 상처가 그만 황홀하여
돌돌 몸을 말고 각자 물속으로 사라진 뒤
당신들은 이내 몸이 가려워 진저리치다
빛의 그늘 속 꽃진 자리를
밤낮으로 어루만질 수나 있을까

힘든 모내기를 끝낸 후,
논물은 이제 갈수록 깊어만 가리니

—「소만小滿」전문

　　원래 '소만'에는, 만물이 생장하여 가득 차게 되는 날이라
는 뜻이 들어 있다. 시인은 그 가득함을 '사랑'의 시학에 적
용하고 있다. 가령 "사랑하다 서로 헤어질 때"라도 가슴 속
에 "이별에 취한 상처"가 황홀하게 남는다는 것, 그리고 모
든 것이 사라진 뒤라도 "빛의 그늘 속 꽃진 자리를/밤낮으로
어루만질" 아름다운 잔상殘像은 남는다는 생각이 뒤따라온
다. '소만'이라는 절기에 "힘든 모내기를 끝낸 후,/논물은 이
제 갈수록 깊어만" 가는데, 우리의 '사랑'도 힘든 과정을 지
나 어떤 깊이에 이르는 불가피한 과정을 치르지 않는가 하

고 시인은 묻는 듯하다. 결국 우리도 "각고면려의 집중된 노력"(「꿩 사냥」)으로 사랑을 하다가 "사무쳤던/너의 심장 한쪽을 만날 수"(「주름」) 있게 될 것이 아닌가.

　두루 알다시피 '사랑'이란 대상에 대한 구체적 결핍에서 발생하는 것이다. 하지만 '사랑'은 그 나름의 고유한 생성적 행위를 통해 자신을 구체화하는 특성을 지니고 있다. 더러 그 것은 따뜻한 온정보다는 노도에 가까운 격정에 의존하는 경우가 있는데, 하재일의 '사랑' 시학은 모종의 결여 상태에서 시작하여 그것을 점진적으로 복원하고 완성해가는 과정적 흐름을 보여준다. 그것은 "둘이 하나가 되면서도 여전히 둘인 상태로 남아 있는 것"(E. 프롬)이 됨으로써, 단테Dante가 『신곡神曲』에서 처음으로 베아트리체를 보았을 때 "나의 삶은 새로워졌다."라고 말하는 경이로운 순간처럼, 일종의 존재 전환의 에너지로 작용하게 된다. 하재일 시편은 이러한 사랑의 에너지를 순도 높게 보여줌으로써, 사랑이 '격정'과 '비움'의 이질적 차원을 동시에 가지고 있고, 나아가 인간 존재를 가능케 하는 제일의 존재 조건임을 선명하게 암시해준다.

3

　레비나스E. Levinas의 유명한 전언처럼, 인간 실존은 타자와의 관계 속에 형성되어간다. 그리고 타자의 얼굴을 마주

한 상황에서 현재와 미래의 현존은 비로소 실현되어간다. 하재일 시편은 타자와의 관계 속에서 형성되고 펼쳐지는 관계론적 언어로 가득하다. 그러한 관계론이 구성되는 공간은 인적 드문 오래고도 외진 곳인데, 이 오래고도 외진 곳이야 말로 하재일 시학에 대한 적절한 은유라고 할 수 있을 것이다. 이처럼 타자와의 관계 속에 아름답게 펼쳐지는 치유와 번짐의 시간이 말하자면 하재일 시편의 호환할 수 없는 내질內質이 아닐까 한다.

마늘밭에 나가 보았다
한평생 마늘밭에 엎드려 있던 그녀의 생애를 만날 수 있었다
하얀 수건 한 장이 꽃 피지 않은 마늘밭 고랑으로
도르래 탄 나비처럼 왔다 갔다 했으나 마늘밭은 늘 어둠이 깊었다

정갈한 마늘밭에 나가 보았다
그녀의 식솔과 빛나는 장광과 고요한 살강이 불을 밝혔다
마늘밭에서 가벼운 잡담을 하며 노는 벌레는 찾을 수 없었다
마늘밭은 언제나 해초가 돋아난 바다의 안채, 정돈된 부엌이었다

흔들리는 마늘밭에 나가 보았다
잔잔한 파도에 넘실거리는 마늘 향기가 갯바람에 피어
묵은 된장에 감춰 둔 통무에 스민 순결한 소금기처럼
그녀는 마늘밭에서 텃밭의 햇살로 평생을 서성거렸다

한적한 마늘밭에 나가 보았다
밭의 중심이 그녀가 쉬는 방이고 바깥쪽은 녹슨 통로였다
지푸라기 잠재우는 그늘에 아픈 관절을 잠시 펴기도 했을
그녀는 줄곧 겨울을 이긴 서슬 매운 한 자루 호미였다

쓸쓸한 마늘밭에 나가 보았다
속이 아린 마늘종 살짝 바람의 혓속으로 디밀어 넣고
허공을 향해 꼿꼿한 성정을 감춘 그녀가 차지할 마늘 한
접이
세상 끝 침묵의 절벽에서 스스로 알뿌리를 키우고 있었다

그녀가 평생 이룩한 바다, 마늘밭에 나가 보았다

—「마늘밭」 전문

시인은 '마늘밭'에서 "한평생 마늘밭에 엎드려 있던 그녀
의 생애"를 만난다. 여기서 '그녀'란 구체적인 신원이 밝혀져
있지 않은 채로 "하얀 수건 한 장"의 노동으로, "텃밭의 햇살

로 평생을 서성"거린 견고한 일관성으로, 마침내 "그녀가 평생 이룩한 바다, 마늘밭"의 커다란 스케일의 이미지로 남은 구원久遠의 여인이다. 늘 어둠이 깊었던 '마늘밭'은 그녀가 도르래를 탄 나비처럼 왔다 갔다 한 시간을 타고 빛난다. 바로 그 '마늘밭'에서 시인은 바다에서처럼 "잔잔한 파도에 넘실거리는 마늘 향기가 갯바람에 피어"나는 환각을 경험한다. "통무에 스민 순결한 소금기"처럼 그녀의 생애를 살펴간다. 밭의 중심을 방으로 바깥을 통로로 삼은 그녀의 순연한 일생이 선명한 감각으로 전해져온다. "줄곧 겨울을 이긴 서슬 매운 한 자루 호미"라는 상관물은 그녀 생애를 가장 잘 집약한 이미지일 것이다. 그러한 세월이 지난 후 시인은 "허공을 향해 꼿꼿한 성정을 감춘 그녀가 차지할 마늘 한 접이/세상 끝 침묵의 절벽에서 스스로 알뿌리를" 키워가는 시간을 바라보고 있는데, 그렇게 정갈하고도 흔들리고도 한적하고도 쓸쓸한 '마늘밭'은 바로 시인이 '그녀'의 삶과 노동과 결실을 발견하는 상징적 장場으로 다가온다. 그리고 그가 바라보고 회상하는 '그녀'는 어느새 "귀로 숨쉬고 귀로 말하고 귀로 웃는 삶"(「모래」)을 살았고 마침내 "꿰맨 바늘 자국 하나 없는 옷을 찾아 이미 떠난 사람"(「무의의 바람」)으로 오버랩 된다.

무화과 화분을 선물로 받아 한 십여 년 동안 거실에서 키웠다. 물도 뿌려주고 맛있는 영양제도 사주고 정성을 다했

지만 늦가을이 오기도 전에 쉽게 누렁 잎 지는 상처만 번번
이 내게 안겨 주었다. 아무리 해가 가도 열매 맺을 생각을 하
지 않기에 나무도 반성할 기회를 주면 낫겠지 하는 판단에
시골에 가는 친구의 차에 실려 해미읍성으로 귀양을 보냈
다. 홧김에 내쳤지만 그동안 정이 들어서일까, 나는 무화과
나무의 안부가 궁금해 한동안 견딜 수가 없었다.

세월이 조금 흐른 이태 뒤였나, 지나는 길에 밖에 내다버
린 나무를 보러 갔지만 깜짝 놀랐다. 담장 아래 바로 텃밭 가
에서 마당으로 흘러넘친 나무그늘이 이웃 논밭까지 흔들고
있질 않은가. 머리카락을 풀어헤치고 칠보를 쓰고 있는 것
이 아닌가. 무화과는 까만 정금이 열리듯 다닥다닥 달려 아
우성이고, 별처럼 초롱초롱한 눈망울에 나는 그만 애고 이
놈들, 하면서 끌어안다가 나무의 품이 하도 커서 땅바닥에
곧바로 나자빠졌다.

어항 속에 갇힌 물고기를 강물에 방류하자 거대한 몸집
으로 불어났다는 아마존의 비단잉어가 밤새 내 머리맡에서
헤엄을 쳤다. 박토薄土에 뿌리를 내린 수많은 이파리들이 내
삶의 폐허를 그늘로 적실 줄이야. 그러니까 고삐를 놓아줘
라. 제멋대로 풀어줘라.

—「무화과의 법칙」 전문

율독적 리듬으로 감싸인 이 산문 시형에서 시인은 여전히 타자성의 차원을 시 안쪽으로 끌어들이고 있다. 누군가로부터 "무화과 화분"을 받아 정성스럽게 키웠지만, 무화과는 이런저런 병든 모습만 시인에게 보여주었다. 시골 가는 친구에게 맡겨 귀양을 보냈는데, 안부가 궁금하던 터에 나무를 보러 간 시인은 담장 아래 텃밭 가에서 마당으로 흘러넘친 나무그늘이 이웃 논밭까지 흔들고 있는 광경을 보고 크게 놀란다. 무화과는 까만 정금이 열리듯 달려 있었고, 별처럼 초롱초롱한 눈망울을 하고 있지 않은가. 그날 밤 시인은 "어항 속에 갇힌 물고기를 강물에 방류하자 거대한 몸집으로 불어났다는 아마존의 비단잉어"가 마치 자신이 떠나보낸 무화과나무의 등가적 형상으로 나타나는 것을 느낀다. "박토薄土에 뿌리를 내린" 무화과나무가 "삶의 폐허를 그늘로 적실 줄" 생각도 못했지만, 시인은 이제 자신이 묶어놓은 것들을 향해 "고삐를 놓아줘라. 제멋대로 풀어줘라."라고 외칠 수 있게 된다. 아닌 게 아니라 '어항 속의 물고기'나 '무화과 화분' 모두 야성野性을 되찾는 순간에 자신의 본래적 성정性情을 구축할 수 있었기 때문이다. 이처럼 하재일 시인은 "아름다운 새장에 갇힐/쓸모없는 인간의 말들"(「카나리아」)을 넘어서 "돌아가고 싶은 물결의 시간"(「속옷 빨래」)을 찾아 끊임없이 역류하고 있다.

우리가 본 것처럼, 하재일 시인은 삶의 비극성과 그것을 초월하고 치유하는 방식에 대해 가장 근원적이고 불가항력적인 존재론적 차원으로 접근하고 있다. 비루한 존재자들을 옹호하는 미학적 자의식이 어쩌면 하재일 시편을 우리 시단의 드문 음역音域으로 각인하고 있는 것이 아닐까 싶다. 또한 우리는 하재일 시편을, 아도르노T. Adorno가 파악한 "야만적 사회에 대한 고통의 미메시스"로 겹쳐 읽을 수도 있을 것이다. 그만큼 그는 미학적 도피 영역을 만들어 거기에 머물지 않고, 펄럭이고 휘청거리면서 이 세상의 근본적 비극성과 친화해가고 있다. 그 과정에서 삶의 아스라한 존재론을 완성해가고 있는 것이다.

4

그런가 하면 하재일 시인은 자신의 원형이랄 수 있는 존재론적 기원origin을 찾아 노래하는 특성을 보여준다. 우리가 잘 알듯이, 존재론적 기원이란 근본적으로 비논리성이나 배타성 또는 유아론唯我論적 성격을 그 핵심 성격으로 하게 마련이다. 존재 관념의 가장 깊은 뿌리가 여기서 시작되는 것이기 때문이다. 하지만 성숙한 정신은 그 뿌리를 원천으로 삼되 배타적 우월성에 빠지지는 않는다. 오히려 일정하게 통합성integrity을 유지하는 조건 아래에서 그것을 자신의 소중한 흔적으로 받아들여갈 뿐이다. 하재일 시편의 기원

추구 과정 역시 이러한 두텁고도 깊은 기억의 형상을 수반하고 있는데, 그 기원에는 자연스럽게 어머니와 아버지가 차례대로 나오신다.

어머니는 놋쇠 밥그릇에 밥을 퍼 이불 속에 묻어놓고 동산에 풍선처럼 떠오를 부푼 기적 소리를 마루에 앉아 기다립니다. 오늘 밤 기차는 유년의 아궁이에 갈퀴질한 솔가리로 군불을 지폈나 봅니다. 윗목 아랫목 구별 없이 구들장이 따뜻합니다. 기차는 천천히 산모퉁이를 감아 도는 바람에 몸을 얹어 능구렁이 몸짓으로 달빛을 받아가며 길게 별자리를 끌고 간이역 지붕을 넘어갑니다.

별똥별이 청솔가지를 똑똑 분질러 불을 때는 소리에 적막이 흔들립니다. 밤하늘이 둥글게 휘어지면 높다란 기차 굴뚝에서 새처럼 별들이 날아다닙니다. 눈썹에 사기 등잔불을 매단 철길 옆 초가집은 밤새 잠 안 자고 무슨 바느질을 하는지 베 헝겊을 누빈 갈대숲 옆구리가 하얗게 실밥이 터졌습니다.

—「장항선」 중에서

문득 취기가 올라 내가 윽박지르듯이 여쭙자 아버지께선 향긋한 미역이며 다시마를 바다에서 건져 올렸다. 꽃다운

144

내 나이 적 바다를 집어넣어 주시며 거친 살림에 여기저기
베어 덧난 당신의 상처를 하얗게 부서지는 파도 몇 이랑으
로 선뜻 펼치셨다. 바닷가 허름한 숙소 불빛 아래 나는 냉기
어린 마룻바닥에 외로운 아버지로 밤새 엎드려 아버지의
생애를 끌어안고 흐느꼈다. 잠 한숨 이루지 못한 밤, 이윽고
그 옛날 아버지께서 마분지에 써 보내주신 정겨운 편지 한
통을 오래 곰삭은 젓갈 항아리에서 몰래 꺼내었다. 그리고
천천히 내 입에서 흘러나오는 밤바다의 뱃고동 소리를 거
듭 읽고 또 새김질하는 것이었다.

—「통영」중에서

장항선을 아는가? '장항선長項線'이란 천안에서 익산까지
놓인 서해안 쪽 철도 노선을 말한다. 서천군 장항읍에 있던
역 이름을 따서 장항선으로 명명했는데, 지금은 KTX 시대
를 맞아 그 존재감이 많이 줄어든 대표적 이름이 되었다. 그
'장항선'을 떠올리면서 시인은 어머니에 대한 기억을 핍진
하게 재현하고 있다. '놋쇠 밥그릇'과 '이불 속'을 결속하여
'더운 밥'의 이미지를 가지신 채 어머니는 "동산에 풍선처럼
떠오를 부푼 기적 소리"를 기다리신다. 그렇게 어머니가 기
다리시던 기차는 바람에 몸을 얹어 간이역 지붕을 넘어간다.
잠시 별똥별이 청솔가지를 분지를 때 밤의 적막이 흔들리는
데, 이때 높다란 기차 굴뚝에서 새처럼 별들이 날아다니고

밤새 무슨 바느질을 하는지 베 헝겊을 누빈 갈대숲 옆구리가 하얗게 실밥이 터진 광경이 병치된다. '밥'이나 '바느질'은 당연히 어머니의 것이겠지만, 어머니의 기다림에 바람도 달빛도 별자리도 갈대숲도 천연스럽게 상응相應하는 과정이 연이어 펼쳐진다. '장항선'이라는 소실점의 이미지가 어머니의 간절한 기다림에 실감을 부여하고 있는 시편이다.

다음은 '아버지'에 대한 기억이고, 공간은 '통영'으로 옮겨간다. 아들은 아버지에게 취기를 용기 삼아 윽박지르듯이 무언가를 여쭈었지만, 아버지는 그저 묵묵하게 미역이며 다시마를 바다에서 건져 올리셨다. 거친 살림에도 불구하고 아버지는 여기저기 베인 채 덧난 상처를 '바다/파도'로 펼치셨던 것이다. 이제 "바닷가 허름한 숙소 불빛 아래"에서 시인은 스스로 '외로운 아버지'가 되어 '아버지의 생애'를 끌어안고 흐느낀다. 그 옛날 아버지께서 마분지에 써 보내주신 정겨운 편지와, 그것을 천천히 새김질하는 시인의 모습이 아스라한 밤바다 뱃고동 소리와 함께 전해져온다. 시편 제목 '통영'이나 "새김질하는 것이었다."같은 종지부가 꼭 백석白石의 시법을 닮은 시편이다. 이처럼 아버지에 대한 아름답고도 깊은 기억 속에서 하재일 시인은 "말의 성찬을 모두 생략하기로"(「열무」) 하고 온전한 그리움의 정서를 얹어드리고 있는 것이다.

결국 하재일 시편은 지금의 자신을 있게 한 오래고도 소중한 존재들의 기억을 향해 자신의 그리움을 담아가고 있다. 그래서 그의 시편에는 지나간 시간에 대한 기억을 인생론적 성찰로 옮기려는 일관된 지향이 담겨 있고, 시인은 그러한 힘을 모아 남다른 시간의 깊이를 탐색하고 표현하고 있다. 그러면서 우리 삶이 결국 시간의 흐름 위에 놓여 있음을 노래한다. 그렇게 하재일은 서정시가 근원적으로 시간에 대한 경험 형식으로 쓰이고 읽힌다는 점을 증언하면서, 서정시와 시간이 불가피한 서로의 원질原質임을 새삼 확인하면서, 지나간 시간에 대한 섬세한 경험 형식을 통해 원형적이고 훼손되지 않은 기억을 재현해가고 있는 것이다.

5

우리가 잘 알듯이, 서정시는 시간에 대한 사후事後 경험의 형식으로 쓰이게 마련이다. 그것이 설사 미래의 전망을 형상화한 것이거나 시간 자체를 초월하는 종교적 감각에 의한 것이라 하더라도, 그것 역시 시간 자체에 대한 시인의 가치판단일 수밖에 없는 것이다. 그만큼 서정시는 시간 경험과 기억의 재구성이라는 배타적이고 독립적인 양식적 특성을 일관되게 지닌다. 하재일 시학은 이러한 서정시의 시간 탐구적 속성을 누구보다도 뚜렷하게 형상화하고 있는데, 이를 통해 시인은 세상의 오롯하고도 엄연한 이법理法을 매우 선

연하게 보여준다. 그리고 이를 통해 존재론적 그리움의 세계를 완성해간다. 여기서 우리가 또 한 가지 주목해보아야 할 것은, 그가 그러한 오랜 그리움의 힘을 '시詩'에 대한 강렬한 자의식으로 옮겨가는 과정이다. 그만큼 그가 '시'를 쓰는 것은 그리움의 대상들을 찾아가는 상상적 과정이기도 하겠지만, 언어를 통해 자기 자신을 성찰해가는 반성적 과정이기도 할 것이다. 그 과정을 통해 '시'는 그에게 선명하고 강렬한 자기 확인의 계기를 만들어주고, 우리는 그가 '시'를 통해 타자의 삶과 목소리를 발견하고 형상화함으로써 우리의 인지적, 정서적 충격을 확산해가고 있음을 목도하게 된다.

영목은 해 저무는 세상의 끝이다
사람들이 수없이 찾아와도 여전히 낯선 얼굴들
내게 있어 영목은 세상의 모퉁이일 뿐이다
이 세상의 구석진 첫사랑일 뿐이다

한 번도 건너간 적 없는 눈앞의 섬들이
발 디딘 적 없는 맞은 편 육지가
손에 잡힐 듯 보이는 영목에서
나는 항상 나의 뒷모습만 부려놓고 돌아왔다

먼 훗날 그것이 항구의 저녁 노을이 되고

갈매기의 울음이 된 사실에 난 관심이 없고
뱃전에 부서지는 허무한 물결의 얼굴에서
내게 주어진 운명의 모든 걸 잊어버리기로 결심했다

나는 그냥 파도처럼 지나가는 사람으로
그냥 철새처럼 잠깐 들여다보는 사람으로 있어야지
물 건너 세상을 거쳐서 이곳까지 도착한 슬픔이
옷에 배어 있는 사람들의 여정에 섞이고 싶지 않기에

그들이 가진 세상의 지도를 보고 싶지 않기에
물기로 스며들었다 햇볕에 증발되는 바람으로 있어야지

항구는 언제나 붐비겠지만 되돌아가는 썰물처럼
비릿한 초승달처럼 마치 태초의 무심한 사랑처럼
영목에서 내 생의 불편한 어둠을 부여잡고
뱃전에 부딪치는 격랑의 물결은 결코 되지 말아야지

돌아설 때마다,
끝내 닿을 수 없는 낮달 한 점을 간직하는 것으로
생을 아퀴 짓고 말아야지 생각하는 것이다

—「그리운 영목」전문

시인의 그리움은 '영목'을 향하는데, 여기서 '영목'은 "해 저무는 세상의 끝"으로 묘사된다. 서해안의 아름다운 항구 영목은 아마도 시인의 그리움을 촉발하는 구체적 장소가 되고 있는 것 같다. 물론 그곳은 시인에게 "세상의 모퉁이일 뿐"이고 "이 세상의 구석진 첫사랑일 뿐"이다. 이 '모퉁이/구석'의 외딴 이미지가 '첫사랑'이라는 낭만적 이미지와 결합하여, '영목'은 시인으로 하여금 항상 뒷모습만 부려놓고 돌아오게끔 했다. 그리고 시인은 운명을 잊어버리고, 파도처럼 철새처럼 그저 지나가는 사람으로 자처하기도 했다. 하지만 "물기로 스며들었다 햇볕에 증발되는 바람"으로 있겠다는 욕망에도 불구하고, '영목'은 시인에게 "생의 불편한 어둠"을 환기해주었고, "끝내 닿을 수 없는 낮달 한 점"을 간직하게끔 해주었다. 그래서 시인은 "오래된 습관 하나를 버리기로"(「오래된 향교」) 마음을 먹을 때마다 오히려 점점 더 "날이 흐리자 구름 속으로 스스로 걸어 들어간 것"(「구름 밖의 주소」)처럼 한 몸이 되어가고 있었던 것이다. 이때 우리는 '영목'에서 시인이 느끼는 "끝없이 침전하는 말들의 바다"(「나는 섬을 떠났다」)이, 바로 시詩에 관한 은유적 파상波狀을 담고 있음을 알게 된다. "체형이 작고 뼈대가 깡말라서/바람이 지나간 길만 겨우 간직하고 사는 풀"(「와송瓦松」)처럼 시인은 그렇게 기억과 운명 사이에서 시를 써간다.

묵은 우표 같은 입간판이 솜틀집을 가리킨다. 집은 사라졌고 잡초가 우거진 폐차장 담장 높이 옛 간판만 녹이 슨 채 길목에 나와 있다. 구름에 가려 보이질 않는 솜틀집 집터엔 주인이 버리고 떠난 온갖 고철과 폐타이어 철사 줄이 수북이 쌓여 있다. 나는 가끔 솜틀집 간판 아래서 달달한 목화 다래 씹어 먹던 유년의 생각이 언뜻 떠올라 오래 발걸음을 멈추고 솜틀집 안을 엿보지만 옷장을 차지하고 있던 묵직한 솜이불은 떠오르지 않는다. 추운 겨울 우리의 따스한 밤을 책임져 주던 포근한 이불 안에서 주고받던 이야기 소리도 들리지 않는다. 모두 떠나갔는가.

숨 막히게 돌아가며 솜을 트는 솜틀 기계가 부옇게 묵은 솜먼지를 털어내고 있다. 지난 시간을 고스란히 간직한 헌솜은 언제나 새로운 공기와 새로운 햇빛만을 요구한다. 방금 샤워를 마친 솜은 솜사탕처럼 부풀고 보송보송하다. 발가벗겨진 솜뭉치는 새하얀 솜싸개를 입으면서 주인을 만날 채비에 발효된 술처럼 신나서 어깨를 들썩인다. 그러나 솜틀집 옛 간판이 가리키는 화살표는 언제나 목화솜이 활짝 핀 고향 산밭 쪽으로 길이 나 있다. 다행이 오늘 밤 하얀 달빛이 비누 거품처럼 피어난다. 환한 목화밭에서, 나는 추억의 솜 한 자루를 따서 둘러메고 솜틀집 어귀와 맞닿은 세상 밖으로 힘겹게 걸어 나간다. 사라진 솜틀집 한 채가 공터 한

쪽에서 불을 밝히고 있다. 오늘 밤 추억의 솜틀 기계를 밤새
돌릴 수는 없을까.

—「솜틀집」전문

　'솜틀집' 역시, '장항선'이나 '통영'이나 '영목'처럼, 시인
의 기억 속에 아스라하게 들어 있는 회감回感의 상관물일 것
이다. "묵은 우표 같은 입간판"이 가리키고 있는 '솜틀집'은
이미 사라졌고, 잡초 우거진 폐차장 담장 높이 옛 간판만 녹
이 슨 채 길목에 나와 있는 풍경을 보여줄 뿐이다. 이는 그 자
체로 '유적遺跡'의 이미지를 띠고 있는데, 바로 거기서 시인
은 가끔 목화 다래 씹어 먹던 유년의 기억을 떠올린다. 보이
는 것도 들리는 것도 사라져버린 솜틀집은, 그렇게 모두 떠
나간 시간을 고스란히 은유하고 있다. '솜'을 연상케 하는 환
한 '목화밭'에서 시인은 "추억의 솜 한 자루"를 따 둘러메고
솜틀집 어귀와 맞닿은 세상 밖으로 나오는데, 이때 "사라진
솜틀집 한 채"는 곧 하재일 시인이 써가는 '시'의 공간적 상
관물이 되고 있을 터이다. 그렇게 시인은 "일찍이 새의 날개
에 풍향계를 달아주던 기억"(「다락방은 우주선처럼 날아갈 수
없을까」)을 선명하게 재현해간다.
　말하자면 하재일 시학의 음역音域은 그리움의 원체험에서
파생해간다. 이는 전략적인 담론적 연역의 세계가 아니라,
철저하게 구체적 경험 속에서 발원하는 귀납의 세계일 것이

다. 하재일 시인은 자신이 살아오면서 마주쳤던 비루한 외곽성의 세계를 진정성 있게 노래하면서, 아름다운 원형적 기원으로의 역류마저 불가능해진 자신의 존재를 상상하는 일관성을 보여준다. 이 점, 하재일 시학의 치열하고도 견고한 면모를 돌올하게 보여준다 할 것이다. 이처럼 하재일 시편은, 자기 기원으로 거슬러 오르려는 에너지와 함께, 이제는 그것마저 불가능하게 된 존재론적 상황에 대한 처연한 슬픔을 함께 드러내는 세계이다.

6

최근 우리 시대의 시인 가운데 전위적 언어를 구축하고 있는 이들은, 이른바 '재현의 감옥'을 벗어나 자신들만의 새로운 상상적 언어를 탐구하고 실천해가고 있다. 가령 그들의 언어는 의미론적 완결성보다는 아나키적 에너지로 충만해 있고, 문맥적 정합성보다는 의미들끼리의 충돌을 통해 사물의 원리를 독자적으로 구성해가기도 한다. 이는 언어의 직능 가운데 폭로의 방식보다는 은폐의 방식을 선택하는 과정을 동반하기도 한다. 더러는 중층적 서술이나 비선형적 구조 등에 도움을 받기도 한다.

하지만 하재일 시편은 이러한 일군의 움직임과는 전혀 다른 핍진한 실재를 정성스럽게 재구再構해간다. 그리고 다른 한편으로는 언어의 간접화 방식을 통해 삶의 비의秘義와 몸에 새겨진 통증을 아름답게 증언해간다. 그렇게 그의 시편에는 베르그송H. Bergson이 '지속의 내면적 느낌'이라고 부른 시간의 흐름이 순정하게 펼쳐지면서, 기억이나 회상을 통해 실재 그 자체가 아니라 현재적 자아의 마음에 따라 조정된 굴절된 시간을 구성해가는 과정이 곡진하게 담겨 있다. 이때 시인은 타자와 시원始原을 그리워하기도 하고, '시'에 관한 짙은 자의식을 드러내기도 한다. 그렇게 대상을 향한 지극한 '사랑'과 '시'를 향한 치열하고도 고독한 자의식을 보여준 하재일 신작시집에 대한 신뢰를 바탕으로, 우리는 그 다음의 시적 진경進境을 또한 기다리고자 하는 것이다.

동네 한 바퀴

1판 1쇄 발행	2016년 9월 20일
1판 2쇄 발행	2016년 10월 19일
지은이	하재일
펴낸이	임양묵
펴낸곳	솔출판사
기획편집	홍지은, 정봉제, 임정림
편집디자인	오주희
마케팅	김지윤, 배태욱
제작관리	김윤혜
주소	서울시 마포구 와우산로29가길 80(서교동)
전화	02-332-1526-8
팩시밀리	02-332-1529
홈페이지	www.solbook.co.kr
이메일	solbook@solbook.co.kr
출판등록	1990년 9월 15일 제10-420호

ISBN   979-11-6020-002-7   03810

- 이 도서의 국립중앙도서관 출판예정도서목록(CIP)은 서지정보유통지원시스템
  홈페이지(http://seoji.nl.go.kr)와 국가자료공동목록시스템(http://www.nl.go.kr/kolisnet)에서
  이용하실 수 있습니다. (CIP제어번호:CIP2016020625)